SV

Das Flüstern der Engel

Meiner Urgroßmutter
Soja Fedossejewna Safronowa
gewidmet

Der Riß

Ich wachte auf und dachte: Diesen Tag werde ich nicht vergessen. Von der Straße her drang Sonnenlicht durch das Fenster, es schien bleicher als die warme Luft des Zimmers. Es floß nicht in dichtem Strom, sondern zerfiel in Strahlen, die wie spitze Zeigestöcke vom Fenster auf mein Bett wiesen und sich in der Wand festbohrten. Sie offenbarten, daß die Vergoldung der Tapeten abfiel und sich an manchen Stellen das Papier von der Wand gelöst hatte. Aus den Ritzen schimmerte etwas hervor, rosa mit silbrigen Ölfarben-Flecken. Das Zimmer war früher also hellrosa gestrichen. Ich bedeckte mit der Hand einen Sonnenstrahl, doch er ließ sich nicht einfangen, tanzte gleich weiter über meinen Handrücken.
»Diesen Tag werde ich nicht vergessen«, wiederholte ich und setzte mich im Bett auf.
Auf dem Fensterbrett lag eine Schere mit gebogenen Rändern, daneben ein paar Angelhaken in einer Streichholzschachtel, verschiedenfarbiges Knetgummi, eine Blechdose, in der einmal Zahnputzpulver gewesen war und die nun allerlei Krimskrams füllte, und ein goldenes Opernglas. Die Haken gehörten Onkel Kirscha, der gern angelte, alles übrige gehörte allen, also mir.
Manchmal legte Tante Gruscha verschiedene Arzneipulver auf das Fensterbrett, aber die interessierten mich nicht im geringsten, denn sie rochen stechend und säuerlich. Tante Gruscha oder

Onkel Kirscha bekamen trübe Augen und sprachen gedehnt, als würden sie gar nicht sprechen, sondern nur so tun, und dann schütteten sie die Pülverchen in ein Glas Wasser, tranken es in einem Zug aus und wurden still. Ich wußte, sie waren alt.

Ich schaute durch das Opernglas, und die Bäume, die vor dem Fenster wuchsen, rückten augenblicklich näher mitsamt ihren knotigen Zweigen, den Rissen in der Rinde und dem zitternden Laub. Als ich das Glas umdrehte, war der Hof sofort klein und fern, und die gleichen Bäume, die mir gerade noch ihre von bleichen Adern zerfurchten Blätter ins Gesicht gereckt und um Gnade gefleht hatten, diese Bäume wichen nun vor mir zurück und verharrten stolz auf dem Grund des Opernglases. Jetzt waren sie dünn wie abgebrannte Streichhölzer, und ihre Zweige, miteinander zu Kuppeln verflochten, erschienen mir wie grüne Spinnweben. Die Bäume standen weit entfernt und nickten mir kalt zu.

»Ah, Ljoletschka ist aufgewacht!« hörte ich eine Stimme hinter meinem Rücken.

Ich drehte mich um und nickte.

Im Zimmer stand Tante Gruscha.

»Ljoletschka, was soll ich dir zum Frühstück machen?« fragte sie sanft.

Große schwarze und graue Locken ringelten sich auf ihrem Kopf. Wenn zwei schwarze Strähnen nebeneinander lagen, war die dritte immer grau. Tante Gruscha stand gern und lange vor dem

Spiegel und kämmte jede einzelne Strähne. Dann sah sie, daß fast all ihre schwarzen Haare weißlichgraue Ansätze bekommen hatten. Tante Gruschas Gesicht war groß, mit breiten Augenbrauen, die sich wie Pfade dehnten. Ihre Augen unter den Brauen, braun um die Pupille herum und hell am Rand, blickten stets erstaunt und voller Neugier. Wenn sie sich setzte, zeichneten sich unter den schweren Rockschößen gleich ihre dikken, müden Knie ab. Wir trugen beide die gleichen Stiefel, aus braunem Filz, zum Schnüren. Sie hießen »Leb wohl, Jugend!«. »Was denn für eine Jugend?« dachte ich und sah Tante Gruscha an, wenn wir zum Spazierengehen vor die Tür traten und hinter uns der alte Onkel Kirscha die Stufen hinunterhumpelte ...

»Was willst du zum Frühstück?« wiederholte Tante Gruscha.

»Spanferkel«, antwortete ich nach einer Weile.

»Ljolja«, seufzte Tante Gruscha, »Spanferkel haben wir nicht. Willst du nicht etwas anderes?«

»Will ich nicht«, versetzte ich.

»Das von dem Ferkel haben wir doch in dem Buch gelesen«, fing Tante Gruscha geduldig an.

»Haben wir«, nickte ich.

»Karabas Barabas hat es am Spieß gedreht über dem Feuer, für sich und für Durimar.«

»Hat er«, bestätigte ich.

»Meinst du wirklich, du willst wie Karabas Barabas sein oder vielleicht wie Durimar?«

»Will ich nicht«, sagte ich, nachdem ich eine Weile überlegt hatte.
»Also was soll ich dir dann machen?«
»Rührei.«
»Rührei«, wiederholte Tante Gruscha erleichtert.
»Ja«, sagte ich, »aber ohne Eigelb.«
»Wie denn das – ohne Eigelb?«
»Na, ohne Eigelb eben!« antwortete ich, stampfte mit dem Fuß auf und rannte in die Küche.
Dort saß Onkel Kirscha am Tisch. Auf der dunkelblauen Platte lag eine weiße Wachstuchdecke mit roten Rauten. Onkel Kirscha saß auf einem dunkelblauen Hocker, und über dem Gaskocher tanzte die dunkelblaue Gasflamme.
»Ljolja will Rührei ohne Eigelb«, seufzte Tante Gruscha.
»Macht doch nichts«, versetzte Onkel Kirscha. »Schlag die Eier auf und trenne das Eiweiß vom Gelben.«
Ich hörte schweigend zu.
Onkel Kirscha griff über den Tisch und schaltete das Radio ein. »Unser Konzert ist zu Ende«, sagte der Apparat und verstummte. Die Tüllgardine hatte sich am Rand des Fensterbrettes verhakt und hing über dem Fußboden. »Es singt jetzt Anna German«, sagte ich und wickelte mich in die Gardine. »Nur ein einziges Mal blühen die Blumen, nur ein Mal, nur ein Mal...« sang ich lauthals. Onkel Kirscha lächelte. Zwischen seinen Zähnen war Kohl aus dem Borschtsch hängengeblieben. Er aß gern

Borschtsch mit saurer Sahne. Und er löffelte immer so unordentlich. Tante Gruscha mühte sich mit dem Rührei ab.
»Paß auf, daß kein Tropfen Eigelb reinrutscht«, sagte ich.
»Ich passe schon auf, Ljoletschka«, antwortete Tante Gruscha gehorsam und ließ das Ei aus einer Schalenhälfte in die andere gleiten.
»Du bist aber streng«, bemerkte Onkel Kirscha.
»Wieso denn?« fragte ich erstaunt und wickelte mich aus der Gardine. »Und jetzt singt Alla Pugatschowa.«
Tante Gruscha drehte sich zum Fenster um, damit sie mich sehen konnte, aber ich kam nicht zum Singen, weil sie sagte:
»Diese Rowdies, schon wieder diese Rowdies!« Ihr großes Gesicht legte sich in Falten.
Da stand Onkel Kirscha von seinem Hocker auf. Er vergaß sogar, den Löffel auf den Teller zurückzulegen, und hielt ihn weiter in der Hand, als er zum Fenster ging. Über sein Kinn floß ein rosa Rinnsal aus Suppenbrühe, das er zuerst gar nicht bemerkte und dann, als er es schließlich bemerkt hatte, mit der Hand auf der Wange breitschmierte.
»Ich habe die jungen Leute gern«, sagte er zu Tante Gruscha. »Das sind doch überhaupt keine Rowdies, sie verbringen einfach ihre Freizeit zusammen.«
»Laß dich bloß nicht mit denen ein«, sagte Tante Gruscha verstimmt.

»Die akzeptieren mich als ihresgleichen!« wurde Onkel Kirscha laut.
Er stand da und lächelte, und mir gefiel ganz und gar nicht, daß ein Rote-Bete-Fleck auf seiner Wange eingetrocknet war und ein gelblicher Kohlfetzen zwischen seinen Zähnen hing. Ich überlegte mir, was ich dagegen unternehmen konnte.
»Die Suppe wird kalt!« sagte Tante Gruscha böse. »Setz dich bitte wieder an den Tisch!«
Mir kam es so vor, als wolle sie nicht, daß diejenigen, die dort auf der Straße waren, unseren Onkel Kirscha bemerkten, wie er hier am Fenster stand, dümmlich lächelte und den feuchten Suppenlöffel in der Hand hielt. Onkel Kirscha humpelte zurück, ohne seinen Blick vom Fenster abzuwenden. Ich lief schnell durch die Küche, und als er sich gerade wieder an den Tisch setzen wollte, zog ich den Hocker unter ihm weg.
»Das Rührei!« konnte Tante Gruscha nur noch hervorächzen.
Onkel Kirscha landete langsam auf dem Fußboden, und Tante Gruscha sagte zu Ende: »... ist fertig.«
»Ist fertig«, echote Onkel Kirscha schwach vom Fußboden her. »Ljolja, warum hast du den Hokker weggezogen?«
»Hab' ich gar nicht«, erwiderte ich schnell.
»Ach, du wieder!« Onkel Kirscha hob drohend seinen Zeigefinger in meine Richtung, als er schwerfällig aufstand.

»Willst du wohl!« verteidigte mich Tante Gruscha drohend. »Das Kind hat doch bloß Spaß gemacht!« Und sie stellte das Rührei ohne Eigelb auf den Tisch.

Nach dem Frühstück ging ich ans Fenster, um hinauszuschauen, jetzt aber ohne das Opernglas. Die Baumkuppeln zitterten im Wind. Der zauste die Blätter so, daß sie sich aneinanderschmiegten, fest zusammenhielten und mitunter sogar ihre Stiele verwoben. Als der Wind das Spiel leid war und fortflog, reckten sie sich hinterdrein und flehten ihn an, sie nicht zu verlassen.
Unter den Bäumen standen Halbwüchsige und warfen Taschenmesser in einen auf den Boden gezeichneten Kreis. Sie hoben den Arm über den Kopf und warfen das Messer so über die Schulter, daß es sich in der Luft drehte und bis an das Heft in die Erde fuhr. Die Jungen schrien und boxten einander gegen die Brust, weil ein paar Messer nicht ganz in die Erde eindrangen, sondern nur mit der Spitze. Die Jungen kamen mir groß vor, ihr Haar war zerzaust, einige hatten Schuluniformen an und eine Schultasche über der Schulter. Sie spuckten achtlos aus und traten den Spuckfleck mit dem Schuh breit. Zwischen ihnen wuselte ein kleiner Knirps von etwa sechs Jahren. Einmal hörte ich, wie sie ihn Pascha Melone riefen. Sie duldeten ihn in ihrer Mitte, weil er sehr gut Messer werfen konnte. Und er suchte sich auf jede erdenkliche Weise bei ihnen Liebkind

zu machen. Er rauchte ihre Zigarettenkippen, bewachte ihre Schultaschen, die sie abstellten, um irgendwo hinzugehen, und wenn sie zurückkamen, lief er zum Rand des Bürgersteigs und spuckte den Passanten vor die Füße. Einige schimpften, andere wollten es nicht bemerken. Die Halbwüchsigen lachten dreist und hielten die Taschenmesser aufgeklappt.

Ich saß oft auf der Schaukel und sah, wie Pascha Melone zu den großen Jungen rannte und riesige Einkaufstaschen voller Brot, Zigaretten und Bierflaschen hinter sich her schleifte. Tante Gruscha hatte ein paarmal gesagt, das stehle er alles im Laden zusammen, und ich dachte, sie würde Pascha verachten und auslachen, aber einmal sah ich, wie sie ihm ein Mohnbrötchen gab und über den Kopf strich. Er schob ihre Hand beiseite, riß das Brötchen an sich und lief los, blieb aber nach ein paar Schritten stehen und sah sie traurig an. Tante Gruscha sagte: »Iß nur, Kleiner.«

»Wie konntest du dem ein Mohnbrötchen geben?« fragte ich zornig, als sie nach Hause kam.

»Wie kommst du denn darauf?« wunderte sich Tante Gruscha. »Tu bloß nicht so!« schrie ich. »Ich habe euch vom Fenster aus beobachtet!«

»Ljoletschka«, begann Tante Gruscha sanft. »Ihm gibt doch sonst keiner auch nur ein Stückchen!«

»Du hast ihn lieb!« vermutete ich. »Das ist es!«

»Wer würde ihn wohl sonst liebhaben?«

»Niemand!«

»Das geht doch aber nicht!« Tante Gruscha begann zu lachen.
»Doch, geht es doch!«
Aber tief in mir staunte ich: Es durfte also nicht sein, daß einen niemand liebhatte.
Ich starrte unter die Baumgewölbe vor dem Fenster, und plötzlich begriff ich, daß jemand auf der Straße neben unserem Haus gehen mußte, weil Pascha Melone, der Knirps mit den breiten Schultern, unverhofft zum Rand des Bürgersteigs flitzte und ausspuckte. Die Passanten, die ich nicht sehen konnte, schimpften gedehnt.
»Kein Schamgefühl hast du!« schrie zuerst eine Stimme empört.
»Wirklich, nicht einen Funken!« bekräftigte ein zweites Stimmchen weichlich und mit fröhlichem Glucksen.
An diesen glucksenden Piepsern erkannte ich, daß Natka und Aljonka zu uns zu Besuch kamen.
Ich hatte mich nicht geirrt. Kurz darauf waren sie schon unter meinem Fenster. Die dicke Natka in ihrem langen schwarzen Mantel drohte Pascha Melone und den Halbwüchsigen mit der Faust, Aljonka in ihrem winzigen roten Mäntelchen aber hopste und tänzelte. Ich freute mich und rannte los, um sie hereinzulassen.
»Wohin willst du?« fragte Tante Gruscha.
»Wir kriegen Besuch«, sagte ich und zerrte am Türschnapper.
»Wir erwarten doch niemanden«, wunderte sich Onkel Kirscha.

Er saß auf dem Sofa und rieb sich die Gelenke mit einer braunen Salbe ein.
Statt zu antworten, riß ich die Tür auf, und alle sahen, daß Natka und Aljonka davor standen.
»Ihr habt Tapeten im Flur!« sagte Natka und trat über die Schwelle. »Mir gefällt das nicht, weil unter Tapeten immer Wanzen sind«, fügte sie hinzu, als sie den Mantel auszog. Auch Aljonka legte ihr Mäntelchen ab. Sie trug ein graues Kleid, die Gürtelschnalle war rot und aus Holz.
Natka hatte einen weiten Rock an und eine ebenso weite Strickjacke. Ihr rundes Gesicht mit der großen Nase und den buschigen Brauen leuchtete weiß im Halbdunkel des Flurs. Sie kämmte die Haare im Nacken zusammen und steckte sie mit Klemmen zu einem üppigen Dutt auf. Aljonka tänzelte unruhig, lief durch den Korridor, Natka folgte ihr gemächlich. Onkel Kirscha schaute ihr nach und sagte zu mir und Tante Gruscha: »Was für eine Frau!« Wir nickten. Da legte er Daumen und Zeigefinger aneinander, als wolle er eine Prise Zucker streuen, führte sie an die Lippen und drückte einen Schmatz darauf.
Natka betrat unser Herbstzimmer, und sofort rieselte Tapetengold von den Wänden. Zurück blieb schlaffes, graugelbes Papier.
»Weißen muß man das alles, weißen«, sagte Natka und sah sich um. »Und dann mit einer Walze drüber, ruck zuck, vom Fußboden bis zur Decke!«

Wir tappten schüchtern hinterher in unser kleines Zimmer.
»Aber dafür ist die Küche gestrichen«, sagte Tante Gruscha leise.
»Ja, das ist gut«, nickte Natka. »Das gefällt mir!«
Sie ließ sich schwergewichtig auf dem grünen Sofa mit den grauen Streifen nieder.
Das Sofa ächzte, als es Natka aufnahm. Tante Gruscha setzte sich schwerelos auf den Sofarand und brachte die Sprungfedern zur Ruhe.
Onkel Kirscha trat ans Fenster, kreuzte die Beine und stützte sich lässig mit den Ellenbogen auf das Fensterbrett.
Aljonka und ich langweilten uns.
»Komm, wir gehen ein bißchen rum«, schlug ich vor.
»Ja, los.« Aljonka war gleich einverstanden.
Wir umkreisten ein paarmal den ovalen Tisch mit der grünen, weißgeblümten Tischdecke. Erst liefen wir auf den Hacken, bemüht, die Zehen oben zu behalten, und dann rannten wir im Galopp.
Onkel Kirscha rauchte, die Hand mit der Zigarette weit von sich gestreckt. An der Wand neben dem Radio hing eine siebensaitige Gitarre mit Abziehbildern darauf.
»Natalie«, begann Onkel Kirscha. Und sofort wandten sich ihm vom Sofa her zwei glänzende, aufmerksame Augenpaare zu. »Agrippina ...«
Natka und Tante Gruscha folgten unablässig jeder seiner Bewegungen, sahen zu, wie Onkel

Kirschas dünner, zitternder Finger die Asche von der Zigarette streifte, wie er müde die Beinstellung wechselte und schließlich nervös wurde unter ihren Blicken.

Ihre Augen waren wie zwei samtene Schmetterlinge, die ihn überall hin verfolgten: ein schwarzer Trauerfalter, auf das Gesicht der Besucherin geflogen, und ein dunkelbrauner mit weißen Ringen auf Tante Gruschas Gesicht. In welchen Winkel des Zimmers sich Onkel Kirscha auch zurückzog, sie holten ihn mühelos ein.

Ich lief ein Stück weit weg von Aljonka, blieb stehen und dachte, daß Augen unabhängig von ihren Besitzern existieren. Die sind so mit sich beschäftigt, daß sie ihre Augen vergessen, diese ganz und gar gewähren lassen und erst dann wieder an sie denken, wenn es irgend etwas gründlich zu betrachten gilt.

»Was für Puder nehmen Sie?« fragte Natka ein wenig mokant. Sie war fünf Jahre jünger als Tante Gruscha.

»›Carmen‹, was denn sonst«, antwortete Tante Gruscha, und als ihr Natkas Jugend bewußt wurde, setzte sie noch hinzu: »Und du, Natotschka?«

»Ich nehme blaßrosa Puder, ›Schwanenflaum‹. Man sieht ihn kaum auf der Haut.« Natka hielt Tante Gruscha ihr mattes rundes Gesicht hin. Tante Gruscha rückte näher, damit sie es eingehender betrachten konnte. Natka lächelte. Und zugleich umfing der schwarze Falter ihrer Augen wohlgefällig meinen himbeerroten Ball, der unter dem Tisch hervorgerollt kam.

»Und womit parfümieren Sie sich?«

»Früher habe ich ›Rotes Moskau‹ genommen, aber jetzt ist das Fläschchen leer. Siehst du, es steht dort vor dem Spiegel.«

Tante Gruschas gelbbraune Schmetterlingsaugen kreisten ein wenig über dem roten Ball, flogen dann aber weiter auf Onkel Kirschas Kragen, verloren sich für einen Augenblick im Rauchgekräusel der Zigarette, streiften mit dem Flügel die Zigarettenspitze und prallten zurück, wie versengt.

»Da ist ein Sprung im Glas«, sagte Natka, als sie zufällig einen Blick in den Spiegel warf.

Sie stand vom Sofa auf und strich sich den weiten Rock glatt. Das Sofa ließ die Sprungfedern freudig quietschen und straffte sich.

Auf dem Tisch standen Tante Gruschas Lippenstifte, der leere Parfümflakon, ein paar Rougetöpfchen mit einem breiten Pinsel, gleich daneben ein Plastikkamm.

»Ein Sprung«, wiederholte Natka traurig, bemerkte aber plötzlich die Utensilien auf dem Tisch und rief aus: »Wie schön!«

Nacheinander schraubte sie die Hülsen auf, drehte die roten, braunen und rosa Lippenstifte heraus, öffnete dann die Rougetöpfchen, die ihr aber nicht gefielen und die sie deshalb gleich wieder zur Seite stellte. Schließlich roch sie ein paar Mal an der leeren Parfümflasche.

»Der ist schon lange da.« Tante Gruscha zeigte auf den Riß.

»Das bringt den Tod«, sagte Natka mit grausiger, gepreßter Stimme und entließ den Flakon aus ihrer Hand.

»Wir glauben nicht an so was«, versetzte Tante Gruscha leise, die Augen gesenkt. Der gelbbraune Schmetterling kreiste nicht mehr im Zimmer. »Wir leben unser Leben und fertig. Wir haben vor nichts Angst!«

»Aber ich!« sagte Natka ausdruckslos. »Ich habe Angst vor dem Tod. Man muß sich bloß einmal vorstellen: Da haben wir gelebt, sind durch die Straßen gelaufen, haben uns angezogen, geschminkt. Und eines schönen Tages soll das alles vorbei sein! Wir wachen nicht mehr auf. Ausgelaufen hat es sich da, ausgeschminkt. Und alle vergessen uns. Nageln uns in einen Sarg ein und karren uns weg... Und in dem Sarg ist es eng, da kriegst du die Arme nicht auseinander, wie auf dem gestreiften Sofa.«

»Was du dir da zusammenphantasierst«, sagte Tante Gruscha traurig.

»Gar nichts phantasiere ich«, winkte Natka ab. »Wißt ihr, woran ich die ganze Zeit denke: Na schön, ich sterbe und sie bringen mich auf den Friedhof. Sie lassen mich also ganz alleine da unter der Erde. Und selber, selber gehen sie dann nach Hause, und im Schrank hängen meine Kleider, und auf dem Tisch liegt mein Lippenstift und der Kamm. Ich habe ja zu Hause haargenau so ei-

nen Tisch! Was machen sie dann mit meinen Kleidern und dem Lippenstift? Werfen sie alles weg oder lassen sie es liegen? Und wenn sie es liegenlassen, wozu dann, um sich über mich lustig zu machen oder um an mich zu denken und traurig zu sein? Und was ist, wenn sie lachen?«
Aljonka und ich standen wortlos mitten im Zimmer. Aljonka betrachtete die rote Schnalle an ihrem Gürtel, ich hörte aufmerksam zu.
»Das tun sie nicht«, sagte Tante Gruscha bestimmt. »Ich habe alles bedacht. Ich will meine Sachen mitnehmen. Vielleicht lasse ich nur die Kleider da.« Und sie lächelte traurig. »Mir graust vor dem Grab, das stimmt schon, aber sie sollen mir Locken drehen, damit ich keine Angst habe.« Sie berührte mit der Hand ihr schwarzgraues Haar, »und auf das Gesicht sollen sie mir Puder stäuben, nein, keinen blassen, sondern dunklen, wie Sonnenbräune.« Sie legte die Handflächen an ihre breiten Wangen. »Und die Lippen will ich ein bißchen geschminkt haben, und über das ganze Gesicht Rouge!«
Onkel Kirscha hörte nicht zu. Ihn peinigte das Fetzchen Kohl aus der Suppe, das zwischen seinen Zähnen hing. Er wollte es mit dem kleinen Finger herauspolken, aber das mißlang. In der einen Hand hielt er noch immer die Zigarette, mit der anderen tastete er nach dem Kohl, doch als er Natkas spitzen Blick bemerkte, tat er so, als würde er sich über das Kinn streichen, um die Rasur zu prüfen.

»Das kann man auch im Leben haben!« Natka lachte spöttisch über Tante Gruschas Worte.
»Nein, nur im Tod«, versetzte Tante Gruscha traurig.
»Aber das brauchen Sie doch alles gar nicht, wenn Sie tot sind, keine Kleider und auch keine Schminke. Das ist alles für das Leben, damit man Freude hat!« Natka wurde hitzig. »Dort ist alles ganz anders. Das, was uns hier wichtig ist, wird dort nicht einmal bemerkt!«
»Doch, es wird bemerkt!« rief Tante Gruscha leidenschaftlich aus. »Und wie es bemerkt wird!«
»Sie werden noch an meine Worte denken!« lachte Natka kalt. »Viele Male werden Sie daran denken.«
»Jedem das Seine«, schnitt ihr Tante Gruscha das Wort ab. »Aber das ist ja alles genausogut meines.« Wieder wurde Natkas Stimme ausdruckslos und grausig. Sie wies auf das Tischchen mit den Lippenstiften, auf ihren weiten Rock und auf den Kleiderschrank. »Ich besitze doch auch nichts anderes und werde auch nichts anderes mehr besitzen! Wo soll ich denn hin ohne all das?«
Ihre Gesichter versteinerten.
Onkel Kirscha drückte die Zigarette im Aschenbecher aus und legte den langen Kohlstreifen aus der Suppe neben die Kippe.
»Was redet ihr da bloß, Grju-schen-ka?« sagte er und dehnte die Worte weich.
Wenn Besuch zu uns kam, dehnte Onkel Kirscha immer absichtlich die Worte, sagte »Grju-scha«,

sprach das »r« ganz unsauber, rauchte und sah uns streng an. Dann nannten Tante Gruscha und ich ihn »den großen Raucher«, er aber sagte von sich: »Ein Aristokrat!« Ich wußte nicht, was ein Aristokrat war. Er erklärte, das sei ein Adliger und zeigte mir immer das Album mit den alten Fotos.
»Ich komme aus einer adligen Familie«, erzählte er gern. »Früher ging alles ganz vornehm zu. Meine Mutter war sehr streng und würdevoll. Mit Mädchennamen hieß sie Sinaida Saraiskich, mein Vater hieß Kulikow. Auch ein vornehmer Name.«
Und er zeigte mir das Foto seiner Mutter. Sie war sehr dick, mit wütendem und trotz aller Wut wunderbarem Gesicht, und neben ihr stand Onkel Kirscha, eine Schirmmütze auf dem Kopf, in einem Mantel mit glänzenden Knöpfen.
»Hier bin ich zwölf, meine Mutter ist zweiunddreißig. Sieh doch mal, Grju-scha«, rief er sie. »Und du, Ljolja, komm auch her.«
Manchmal brachte er etwas durcheinander in den Geschichten über sein vergangenes Leben und wurde furchtbar wütend, wenn mir plötzlich einfiel, was er früher erzählt hatte.
»Agrippina«, begann Onkel Kirscha langsam. »Natalie, ich kann etwas für euch singen ...«
Die Frauen saßen noch immer mit unbeweglichen Gesichtern, nur die Schmetterlinge ihrer Augen schwirrten kreuz und quer durch das Zimmer.
Onkel Kirscha nahm die Gitarre von der Wand. Sogleich flog der schwarze samtene Falter über

das Griffbrett, während der gelbbraune Schmetterling ein paar Kreise zog und sich auf Onkel Kirschas Schulter niederließ. Er ruckte kaum merklich, um ihn abzuschütteln.

»Es zieh'n die Tage, Trauer mehrend...« begann er unbeholfen mit seiner Greisenstimme. »So schwer fällt es, Vergang'nem Herr zu sein...« Plötzlich wußte Onkel Kirscha nicht mehr weiter. Seine Finger glitten hastig über die Saiten, aber die Worte wollten ihm nicht einfallen. Er sah uns hoffnungsvoll an – vielleicht würde ich ihm helfen. Aber ich hatte noch nicht vergessen, wie wütend er werden konnte, wenn ich ihn an etwas erinnerte, deshalb sagte ich nichts. »Irgendwann einmal, meine Teure«, fiel ihm schließlich der Text wieder ein, »führen Sie mich hin...« Erneut ließ ihn sein Gedächtnis im Stich. »Führen Sie mich hin...« wiederholte er einige Male schmachtend und fügte urplötzlich hinzu: »zum Grab!«

Onkel Kirscha erschrak über seine eigenen Worte.

Natka und Tante Gruscha schwiegen angespannt.

»Komm, wir spielen Konzert«, schlug ich Aljonka vor.

»Machen wir, los«, stimmte sie fröhlich zu und vergaß die rote Holzschnalle.

»Als nächster tritt auf – Kirill Nikolajewitsch Kulikow«, verkündete ich.

»Hi-hi-hi!« prustete Aljonka los und hob das spitze Kinn.

»Stunde der Freude, Stunde der Trauer«, sang ich lauthals, »tra-ta-ta-ta! Tra-ta-ta-ta!« Diese Zeile kannte ich nicht, weil auch Onkel Kirscha sie immer ausließ. »Fassen wir uns bei der Hand in der Runde, und auf geht's für so manches Jahr!«

»Ljolka, hinaus mit dir!« Onkel Kirscha stampfte mit dem Fuß.

»So laß uns in die Küche geh'n!« sang ich schnell zu Aljonka hin.

»In die Küche geh'n«, echote Aljonka.

Onkel Kirscha löste sich vom Fensterbrett und machte einen Schritt auf uns zu.

»Lieber auf's Klo!« schrie ich im Laufen.

»Los!« stimmte Aljonka zu.

Wir schlossen uns in der Toilette ein.

Onkel Kirscha rüttelte einige Male heftig an der Tür, aber die Klinke war zugeschnappt.

»Singen wir wenigstens noch was«, sagte Aljonka und setzte sich auf das Toilettenbecken wie eine Erwachsene.

»Können wir machen.« Ich war einverstanden und ließ mich Aljonka gegenüber auf dem Nachttopf mit dem Igel nieder.

»Fang du an!« Aljonka nickte mir zu.

Ich wollte beginnen, aber mir fiel kein einziges Lied ein.

»Sag mir lieber«, fragte ich, »gehst du schon in die Schule?«

»Ja«, Aljonka nickte. »In die dritte Klasse.«

»Habt ihr da auch Musik?«

»Ja.«

»Und was singt ihr so?«
»Das Lied vom Porträt«, antwortete Aljonka sofort.
»Sing doch mal«, bat ich.
»Eines Tages im Krieg in dunkler Nacht«, stimmte Aljonka flüsternd an, »schien ein Licht aufzuflammen, schien ein Licht aufzuflammen! Der Arbeiter hat dem Bauern das Porträt Lenins gebracht, das Porträt Lenins gebracht!« Ihr Fuß stampfte den Takt der Worte.
»Ein gutes Lied«, lobte ich und stampfte auch. »Das muß ich aufnehmen ins Programm! Und was singt ihr noch so?«
»Alles so was«, Aljonka winkte ab.
Wir schwiegen ein Weilchen. Hingen unseren Gedanken nach. Sie auf dem Toilettenbecken, ich auf dem Nachttopf mit dem Igel. »Ich kriege bald das Lesen beigebracht«, nahm ich das Gespräch wieder auf.
»Ach«, versetzte Aljonka und lachte los: »Hi-hi-hi!«
»Kannst du schon lesen?« fragte ich.
»Nein«, antwortete Aljonka und schlug die Augen nieder.
»Dann lese ich dir was vor.«
»Los«, war sie gleich einverstanden.
Ich erhob mich von meinem Nachttopf und holte die Fibel unter der Wanne hervor.
»›Sch‹«, las ich. »›u‹ und ›ra‹ und ›h‹ und ›at‹, das heißt ›Schura hat‹...« Auf dem Bild war Schura zu sehen in ihrer Schuluniform mit einem be-

scheidenen Asternsträußchen und gelben Luftballons an einer Schnur. »›ei‹ und ›nen‹ und ›Bal‹ und ›lon‹, das ergibt ›einen Ballon‹«, schließlich war der Satz geschafft.

»Schura hat einen Ballon!« schrie ich freudestrahlend.

Aljonka riß mir aufgeregt die Fibel aus der Hand und hielt sie dicht vor ihre Augen.

»›ra‹«! las sie laut, musterte aufmerksam Schuras Bild, bewegte die Lippen und flüsterte etwas.

»Und wie alt bist du?« fragte ich.

»Zehn«, antwortete Aljonka, ohne das Lesebuch aus den Augen zu lassen.

»Ich bin vier.« Ich streckte ihr die Hand mit dem nach innen gebogenen Daumen hin.

Aljonka zählte meine Finger nach.

»Und, was bedeutet das?«

»Daß ich auch bald in die Schule komme«, erklärte ich.

»Da gibt es sowieso nichts Gescheites, in der Schule«, seufzte Aljonka.

»Was du nicht sagst.« Ich glaubte ihr kein Wort.

Wir verstummten. Es war zu hören, wie Onkel Kirscha hinter der Wand erzählte: »Ich hatte einen Gouverneur. Das ist einer, der Französisch spricht. Und Hemden mit goldenen Manschettenknöpfen. Auf allen Taschentüchern war ›Kulikow‹ eingestickt.«

»Worüber reden die denn?« fragte Aljonka beunruhigt.

»Sie sprechen ausländisch miteinander.« Ich

winkte ab und wollte weiterlesen, aber Aljonka bat aufgeregt:
»Komm, wir gehen hin und lauschen!«
Ich mußte die Fibel wieder unter der Wanne verstecken und in das Zimmer zurückgehen.
Onkel Kirscha stand immer noch am Fenster, einen würdevollen Ausdruck im Gesicht.
»Parlez vous français?« fragte er, als er uns sah. »Oui oder nein?«
Aljonka blieb reglos in der Tür stehen. Sie wußte nicht, daß es irgend eine andere Sprache gab, in der man sich unterhalten konnte. Tante Gruscha hörte traurig zu und überlegte, was sie Onkel Kirscha antworten sollte. Natka blätterte energisch in dem Fotoalbum. Alle Gesichter auf den Fotografien waren würdevoll, und um ihnen ähnlich zu sehen, schob Onkel Kirscha den Unterkiefer vor, schlug die Augen nieder und reckte den Kopf hoch empor, damit er wenigstens etwas erkennen konnte.
»Ach du meine Güte!« rief Natka aus und fing an zu lachen. »Das sind ja Ansichtskarten! Ansichtskarten sind das, richtige Ansichtskarten!«
Sie streckte uns die aufgeschlagene Seite des Albums entgegen. Dort war eine Schwarzweiß-Ansichtskarte eingeklebt, die einen wunderhübschen kleinen Jungen zeigte, der vor einem Weihnachtsbaum kniete. Auf einem Zweig des Weihnachtsbaums saß ein Engel, ließ seine winzigen rosa Füße herabbaumeln und las dem Jungen etwas aus einem Buch vor. Der Junge trug

ein seidenes Nachthemd, das gelockte Haar fiel ihm auf die Schultern. Obwohl es eine Schwarzweißkarte war, hatte jemand dem Jungen mit einem Bleistift rote Wangen gemalt.

»Ich kann hoch und heilig schwören« – Natka wollte sich ausschütten vor Lachen –, »daß bei uns zu Hause genauso eine am Spiegel hängt. Komm her, Aljonka, sieh sie dir an!«

Aljonka und ich gingen näher.

»Ich hab' dem Jungen die Wangen rotgemalt«, gab ich zu. »Tante Gruscha hat mir vor kurzem Buntstifte gekauft . . .«

Aber ich konnte nicht mehr erzählen, was weiter war, denn mir schien, als würde Aljonka mit einem Auge auf die Ansichtskarte schielen, mit dem anderen aber auf das ausgeschaltete Radio an der Wand. Es belustigte mich, daß sie die Augen so weit auseinanderdrehen konnte. Ich mußte lachen.

»Macht Unfug und freut sich noch«, sagte Onkel Kirscha finster.

Tante Gruscha erhob sich hastig vom Sofa, um mich zu verteidigen, aber Onkel Kirscha hatte schon wieder sein vornehmes Gesicht aufgesetzt und wandte sich verlegen an Natka:

»Das ist trotzdem ein Foto, Natalie. Mein Gouverneur hat mich einmal fotografiert und das Foto an ein bekanntes Journal geschickt. Dort haben sie eine Ansichtskarte daraus gemacht und noch diesen lustigen Engel in den Weihnachtsbaum gemalt.«

»Ist schwer zu glauben.« Natka zuckte die Schultern.

»Sie haben das Wort eines Edelmanns«, lachte Onkel Kirscha gewollt lässig und schlug das Album zu. »C'est tout!«

»Ich kann was auf englisch!« platzte ich heraus.

»Du schwindelst«, lachte Natka.

»Du schwindelst«, pflichtete ihr Onkel Kirscha bei.

Und sogar Tante Gruscha sah mich verwundert an.

»Hey-hey-hey!« rief ich. »Das heißt auf englisch ›Aljonka‹.«

Aljonka hob den Kopf, und ihre Augen rückten wieder zur Nasenwurzel. »Guo!« lachte ich. »Das bedeutet ›Augen‹ auf englisch.«

»Woher weißt du das?« fragte die still gewordene Natka.

»Das bringt mir meine Mama bei«, versetzte ich. »Sie war vorigen Winter zu Besuch da aus Leningrad und sie hat immer mit mir englisch gesprochen... Angel«, fuhr ich fort. »Das heißt ›Engel‹. Die beiden Worte ähneln sich.«

Dann zählte ich englisch alle Gegenstände im Zimmer auf, die Bäume vor dem Fenster und Natkas weite Kleidung: Rock, Strickjacke, Stiefel.

Natka und Aljonka gingen in den Flur, um sich anzuziehen.

Onkel Kirscha reichte Natka beflissen den Mantel, und gnadenlos benannte ich auch diesen schwarzen raschelnden Mantel auf englisch.

»Und wie heißt meiner?« fragte Aljonka und knöpfte ihr Mäntelchen zu.
»Der heißt haargenau ›Mantel-chen‹!«
Dann beobachtete ich vom Fenster aus, wie sie fortgingen.
»Diese Ljolka, die ist dir so was von voraus, du dumme Trine!« hörte ich. »Dabei ist sie gerade mal vier!« Und Natka versetzte Aljonka mit ihrer breiten Hand eine Ohrfeige. Aljonka fing an zu weinen. Dann bogen sie um die Ecke, und ich konnte sie nicht mehr sehen. Pascha Melone rannte an den Rand des Bürgersteigs und spuckte ihnen vor die Füße. Natka schrie Verwünschungen. Aljonka schluchzte laut.

Der Karren mit dem Lastgaul vor dem Zoo

Tante Gruscha und ich wollten in den Laden. Sie holte die dunkelblaue Kunstledertasche aus der Küche, legte das Einkaufsnetz hinein, dann noch zwei durchsichtige Plastiktüten und eine leere Milchpackung, weiß mit roten Buchstaben.
»Wir haben ›Peter Pan‹ gelesen«, erinnerte ich Tante Gruscha.
»Ach ja!« sagte sie und ging zu dem ovalen Tisch.
Jeden Abend setzten wir uns daran, schalteten die Tischlampe ein, und Tante Gruscha las mir die

Bücher vor, die wir aus der Bibliothek mitgebracht hatten. Wenn sie mir aus dem »Goldenen Schlüsselchen« vorlas, äffte sie Onkel Kirscha nach, sagte nicht »Buratíno«, sondern »Buratinó« und nuschelte das »r«. Onkel Kirscha lag schweigend auf dem Sofa und hörte zu.

Ich blätterte gern in den Büchern und tat so, als könne ich selber lesen. Das einzige, was mir mißfiel, waren die viereckigen lila Stempel, die erbarmungslos jedes Buch verunstalteten. Unter der Tischlampe lagen »Der Löwe, die Zauberin und der Kleiderschrank«, »Die Malachitschatulle« und »Die blaue Blume«.

Auf dem Einband der »Blauen Blume« waren zwei Brüder abgebildet, die beide die Hand nach einer unscheinbaren blauen Kornblume ausstreckten. Ich wußte, daß einer von ihnen für diese Kornblume gestorben war. Und ich flehte Tante Gruscha an, mir gleich etwas daraus vorzulesen.

»Aber wir haben doch ›Peter Pan‹ noch nicht fertig«, wunderte sie sich.

»Lies schneller, lies schneller«, trieb ich sie jeden Abend an. »Wieviel ist es noch bis zum Schluß?«

»Interessiert dich das nicht, Ljolja?« fragte Tante Gruscha. »Doch«, antwortete ich sehnsüchtig. »Lies nur, lies weiter!«

Onkel Kirscha regte sich ungeduldig auf dem Sofa.

Tante Gruschas Einkaufstasche verschluckte »Peter Pan«, Onkel Kirscha schnürte sich die Schuhe zu, und wir gingen endlich los. Unter den Bäu-

men spielten die Halbwüchsigen Messerwerfen. Einer hatte die Jacke seiner Schuluniform ausgezogen, das Hemd aufgeknöpft und die Enden vor dem Bauch verknotet. Sein Hals war lang und dünn, mit einer bläulichen Grube unter dem Adamsapfel, an einer Kette hing eine Rasierklinge mit stumpfen Enden. Onkel Kirscha setzte ein würdevolles Gesicht auf und blieb stehen.
»Laß uns gehen«, stieß ihn Tante Gruscha an.
Aber er machte keine Anstalten.
»Daß du mir nicht zu denen hingehst!« befahl Tante Gruscha.
Mit einem Schulterzucken bedeutete ihr Onkel Kirscha, er wisse selbst, was er zu tun und zu lassen habe. Also gingen wir ohne ihn weiter. Tante Gruscha schimpfte flüsternd auf Onkel Kirscha und sah nicht mehr zurück. Ich wollte mich umdrehen, aber sie schlug mir mit der Hand auf die Schulter, damit ich genauso stolz geradeaus ging wie sie. Pascha Melone bemerkte uns und kam zum Rand des Bürgersteigs gerannt, um uns vor die Füße zu spucken. Er lief komisch, trippelte hastig auf seinen dicken, kurzen Beinen, so als würde er rollen. Am Rand des Bürgersteigs angelangt, beugte er sich vor, um auszuspucken, spuckte dann aber nicht, sondern sah uns fröhlich und erwartungsvoll an. Ich dachte, er habe das Brötchen nicht vergessen und wolle deshalb Tante Gruscha keinen Streich spielen. Aber es gab einen anderen Grund: In dem Augenblick war Onkel Kirscha zu den Jugendlichen gegangen.

»Guten Tag, die Herren«, sagte er und machte eine Verbeugung. Die Jungen wieherten los. Tante Gruscha aber schlug mir wieder auf die Schulter, damit ich mich nicht umsah. »Jawohl, ›Herren‹ ...« fuhr Onkel Kirscha fort. Den Rest konnte ich nicht mehr verstehen.

»Soll ich noch was auf englisch sagen?« fragte ich.

Doch Tante Gruscha gab keine Antwort. Sie ging wortlos und schaute auf die Spitzen ihrer Filzstiefel. Ich zog sie an der Hand.

»Was ist?« fragte sie.

»Ich weiß, was ›traurig sein‹ auf englisch heißt«, versetzte ich.

»Was denn?«

Ich sagte es. Tante Gruscha staunte.

Beim Weitergehen nannte ich für alles ringsum das englische Wort. Tante Gruscha sah mich voller Staunen an.

Wir kamen an einem Haus vorüber, in dem ein Fenster weit offenstand. Die Büsche der Grünanlage reichten bis an den Rahmen und legten ihre Zweige mit den Blättern auf das Fensterbrett. Ich sagte »Fenster« und »Büsche« auf englisch, und auf einmal bemerkte ich über dem Eingang große dunkelblaue Buchstaben.

»Such ...« las ich mühelos.

Danach brach das Wort unvermittelt ab, so als habe es sich selbst in zwei Teile zerrissen und den zweiten ungeliebten Teil fortgeworfen. Nach dem »Such« kam eine breite Lücke, erst dann

tauchte träge und widerwillig der Buchstabe »i« auf.
»›i‹ und ›nde‹ macht ›inde‹«, las ich laut, doch das ergab noch keinen Sinn. Als ich mir aber ein »F« an der leeren Stelle dachte, verstand ich das Wort. »SuchFindearbeiten« las ich und stieß Tante Gruscha an. »Interessant, was die hier machen ...«
Durch das Fenster war der ganze dahinterliegende Raum zu sehen, und im Hintergrund erkannte ich einen alten Mann mit einem Stapel Zeitschriften. Der Alte war vollkommen kahlköpfig, nur über den Ohren und an den Schläfen hatte er ein paar Haare, schwarz wie die Schuhwichse, mit der Tante Gruscha abends Onkel Kirschas Winterstiefel einrieb, schwarz wie der Schmutz unter den Füßen. Zwei glänzende schwarze Büschelchen. Aber er war alt, ein Greis! Auf seinem dünnen, feinen Gesicht lagen tiefe Falten wie ein Gitterwerk. Diese Falten waren zu schwer für sein Gesicht, deshalb ging er mit gesenktem Kopf und gebeugtem Rücken und sah sehr müde aus.
»Was heißt ›SuchFindearbeiten‹ auf englisch?« fragte Tante Gruscha.
Ich schwieg.
»Du weißt es nicht?«
»Doch.«
»Dann sag es.«
Ich schwieg. Ich ging und überlegte, was diese »SuchFindearbeiten« wohl herstellten. Bestimmt konnte man hier einen Mann bestellen, der ei-

nem etwas suchte und es dann fand. So etwas wie einen geflügelten Helfer. Bei dem Alten dort zeichneten sich ja unter der Jacke ganz deutlich die Schulterblätter ab. Eines Tages würde die Jacke platzen, ach was, nicht die Jacke, die Haut auf seinem Rücken würde es nicht mehr aushalten und platzen, und aus den Rissen kämen zwei weiße Federstutze hervor.

»Guten Tag«, nickte Tante Gruscha in das offene Fenster. »Guten Tag, Gruschenka«, lächelte der geflügelte Alte, und in seinem Mund blitzten Metallzähne. Er schaute uns an, bis wir vorbeigegangen waren, und strich über die Seiten, die auf dem Fensterbrett lagen.

»Warum nennen dich alle Gruscha?« fragte ich.

»Weil das zärtlich klingt«, antwortete Tante Gruscha. »Richtig heiße ich Agraphena.«

»Was soll denn daran zärtlich sein?« wunderte ich mich. »Ich finde, es klingt eher sogar wie eine Beleidigung!«

Wir gingen am Zoo vorüber. Er war von einem hellblauen Holzzaun umgeben. Tante Gruscha nahm mich an die Hand und wollte etwas über ihren Namen erzählen, aber ich riß mich los und lief zu dem Zaun. Ich spähte durch eine Ritze. Tante Gruscha blieb stehen und wartete. Das linke Auge zusammengekniffen, preßte ich das weit aufgerissene rechte dicht an den Spalt. Ich begriff, daß ich in einen Käfig hineinsah. Ich erkannte eine zottige Flanke mit hellbraunem Fell, das schütter, aber lang war. Darunter schimmerte aufgedunsene, rosafarbene Haut. Die Flanke entfernte sich ein Stückchen, und ich konnte erkennen: Sie gehörte einem alten Lama mit entzündeter Röte in den Augenwinkeln und breiten gelben Zähnen. Es lief im Kreis im Käfig herum und drehte mir bald die rechte, bald die linke Flanke zu. Die rechte war warm und zottig, deshalb erschien mir das Tier von dieser Seite munter und jung wie Natka, die linke Seite hingegen war räudig und eingefallen, deshalb verwandelte sich das Tier von links auf einmal in Tante Gruscha.

Plötzlich blieb das Lama stehen, steckte seinen Kopf zwischen den Gitterstäben hindurch und äugte, was da im Nachbarkäfig geschah. Dort wiegte sich ein Schimpase auf einer von der Decke herabhängenden Schaukel. Dieser Affe brachte ständig Arme und Beine durcheinander, griff einmal mit der Hand, dann wieder mit dem Fuß nach dem Holm und war wütend, weil er partout nicht in Schwung kam. Was weiter passierte, entzog sich meiner Beobachtung, weil Tante Gruscha nicht länger warten wollte und nach mir rief. Ich drehte mich um.

»Warum sitzt denn dein Pony so schief an der Seite?« wunderte sich Tante Gruscha.

»Das kommt dir nur so vor«, versetzte ich und schüttelte den Kopf.

»Überhaupt nicht.« Tante Gruscha musterte mich eingehend. »Er hängt dir richtig in Zotteln herunter.«

Ich schwieg und dachte an mein Friseurspiel vom Morgen: Ich hatte die Schere vom Fensterbrett genommen und mir vor dem Spiegel den Pony geradegeschnitten. Erst nur ein ganz kleines bißchen – wie harter, stachliger Staub waren mir die Härchen auf Stirn und Brauen gerieselt. Dann schnitt die Schere wieder, und diesmal hatte ich eine lange, bauschige Strähne abgeschnitten. »Nicht schlecht«, dachte ich und schüttelte die Haare von der Stirn.
»Ljolja!« Tante Gruscha hatte endlich alles begriffen. »Warum mußtest du dich bloß so verschandeln?«
»Gefällt es dir nicht?« tat ich verwundert.
»Nicht besonders«, seufzte Tante Gruscha.
»Das war ich nicht, das hat Aljonka gemacht.«
»Ausgeschlossen!«
»Doch, Aljonka«, beharrte ich. »Heute morgen kommt sie, sagt zu mir ›Los, Ljolja, wir spielen Friseur!‹, schnappt sich die Schere vom Fensterbrett und schneidet mir die Haare ab. Ich sage zu ihr ›Lieber nicht, lieber nicht!‹, aber sie schnippelt trotzdem weiter – schnipp, schnapp!«
»Also bei denen ist die ganze Familie irgendwie...« sagte Tante Gruscha unzufrieden und machte die Ladentür auf.
»Was du nicht sagst!« nahm ich den Faden auf, denn mir fiel ein, daß Tante Gruscha diese Worte zu Onkel Kirscha gesagt hatte. Wie sie schüttelte ich den Kopf und fuchtelte mit den Händen.
Wir gingen durch die Abteilung, wo es Grieß

und Grütze gab. Tante Gruscha nahm einen Beutel Grieß aus dem Regal, wog ihn in der Hand, um sein Gewicht zu prüfen, sah auf das Preisschild und stellte ihn zurück.

»Weißt du, wo Natka neuerdings arbeitet?« fragte Tante Gruscha und langte nach einer Tüte Reis.

»Wo denn?« antwortete ich bereitwillig und hielt Ausschau nach der Süßwarenabteilung.

»Sie ist jetzt Serviererin in einem Imbiß, wo nicht jeder hineinkommt. In Motschischi. Da prassen jede Woche Parteifunktionäre. Sie rükken die Tische zusammen und stellen Unmengen Kaviar, Wurst, Salzgurken und Pilze darauf. Und Natka scharwenzelt herum mit weißer Schürze und einem Häubchen auf dem Kopf und räumt das Essen weg.«

»Was du nicht sagst!« wiederholte ich und schüttelte wieder den Kopf.

Die Süßwarenabteilung war geschlossen, deshalb wurden die Bonbons bei den normalen Lebensmitteln verkauft. Sie lagen in Metallkörben in der Mitte des Ladens und warteten darauf, daß ich zu ihnen kam.

»Und wenn die Völlerei zu Ende ist«, erzählte Tante Gruscha weiter und inspizierte einen Beutel Grütze, »dann teilt sich Natka mit den Kellnern die Reste und nimmt alles mit nach Hause. Aljonka verdrückt also jede Woche Kaviarbrote und ißt Pilze dazu!«

»Kauf mir Bonbons«, unterbrach ich Tante Gruscha und zog sie in die Mitte des Ladens.

Sie folgte mir widerstrebend.
»Die hier und die!« befahl ich und nahm zwei Beutel Bonbons aus den Metallkörben.
»Sahnebonbons ›Buratinó‹«, las Tante Gruscha laut, »und Schokoriegel ›Schalunja‹. Alles preisgünstig.«
Auf dem Weg zur Kasse nahmen wir noch eine Flasche Öl, ein Glas Salzgurken und eine Pakkung Hafergebäck, den Beutel Grütze aber brachten wir zurück.
An der Kasse saß eine müde Kassiererin in einem weißen Kittel. Darunter lugte der halbrunde Kragen einer rosagepunkteten Bluse hervor. Mit dicken Fingern tippte sie die Beträge in die Kasse und reichte Tante Gruscha den Bon, ohne uns anzusehen. Tante Gruscha zählte das Geld ab. Die Kassiererin rief in den Laden hinein, ob schon Hähnchen und Rinderfilet geliefert worden wären, aber sie bekam keine Antwort, worauf sie uns das Wechselgeld hinwarf. Gewöhnlich bekamen wir eine ganze Handvoll gelber und silberfarbener Münzen heraus, aber diesmal nur ein einziges großes, schweres Geldstück, das ich sofort nahm und in meine Tasche steckte.
»Gib mir das Geld«, sagte Tante Gruscha, als wir den Laden verließen.
»Wieso?« konnte ich nicht begreifen. »Hast du vergessen, daß ich für ein Dreirad spare?«
Tante Gruscha gab mir immer das Wechselgeld aus dem Laden. Ich trug es nach Hause und tat es in die Dose auf dem Fensterbrett, in der einmal

Zahnputzpulver gewesen war. Manchmal machte Onkel Kirscha die Dose auf, nahm ein paar Münzen heraus und ging Zigaretten kaufen.

»Das hier ist ein ganzer Rubel«, beharrte Tante Gruscha.

»Wie kann soviel Geld in einer einzigen Münze sein?« Ich wollte es nicht glauben.

Tante Gruscha wurde böse.

»Gib das Geld her!« sagte sie und umfaßte meine Hand.

»Da hast du es!« Ich war beleidigt und warf die Münze auf den Asphalt. Das Geldstück glänzte matt auf, fiel scheppernd neben Tante Gruschas Stiefel Marke »Leb wohl, Jugend!«, drehte sich ein paarmal um sich selbst, sang zirpend »leb wohl, leb wohl . . .« und erstarrte. Tante Gruscha bückte sich schwerfällig danach. Ich überlegte, was sie sagen würde, wenn sie sich wieder aufgerichtet hatte. Aber sie bog schweigend den Rükken gerade und sah mich traurig an.

»Komm, wir unterhalten uns«, schlug ich vor.

»Nein«, lehnte Tante Gruscha ab, »mit dir rede ich nicht mehr.«

»Nie, nie?« vergewisserte ich mich ungläubig.

»Nie mehr.«

»Und wer liest mir etwas vor?« fragte ich besorgt.

»Was weiß ich . . .«

»Onkel Kirscha vielleicht?«

»Wohl kaum«, machte mir Tante Gruscha wenig Hoffnung. »Er hat so viel zu tun.«

»Wer dann?« Ich war beunruhigt. »Natka? Die macht das bestimmt nicht. Aljonka? Die kann ja nicht lesen ... Wer dann?« Aber Tante Gruscha schwieg. Ich sah, daß aus ihrer blauen Einkaufstasche der Einband von »Peter Pan« hervorlugte und daß gegenüber dem Laden, den wir gerade verlassen hatten, die Bibliothek war.
»Hör doch«, sagte ich sanft und zupfte Tante Gruscha am Ärmel. »Weshalb bist du denn böse auf mich?«
Aber sie schwieg weiter.
»Weshalb ...«
Unvermittelt trat mir etwas Warmes, Schweres in die Augen. Meine Finger, die Tante Gruschas Ärmel hielten, verschwammen plötzlich, und die Buchstaben auf dem Einband von »Peter Pan« flossen zu einem breiten weißen Streifen zusammen.
Wir standen an der Ampel. Das fröhliche rote Feuerchen unter dem runden Glas wölbte sich noch einmal und erlosch dann. Gleich schien ein gelbes Feuerchen auf, nicht rund, aber genauso gewölbt. Wie das rote bebte es unter dem dicken Glas und wollte hinaus. Die Autos hielten an, wir überquerten die Straße. Ich ging mit gesenkten Augen: Meine braunen Stiefel verschwammen.
»Brrr, meine Gute! Brrr!« hörte ich über mir eine laute, weinerliche Stimme.
Ich hob den Kopf und blieb stehen. Tante Gruscha ging auch nicht weiter.
Statt wie die Autos beim Aufleuchten des grünen Lichts anzuhalten, trottete ein Lastgaul, ein

Schimmel, langsam, aber hartnäckig weiter die Straße entlang und zog einen Karren mit einem Mann in einer Wattejacke hinter sich her. Offenbar kamen die beiden vom Dorf. Der Mann riß an den Zügeln und flehte das Pferd an, doch stehenzubleiben. Der Schimmel wandte sich zu dem Mann um, nickte sanft und ging weiter. Das Pferd hatte schwere Hufe, feuchte, große Augen und eine schüttere Mähne, der Dorfmann auf dem Karren schwere Hände mit kurzen Fingern und ebensolche großen, feuchten Augen.

»Brrr, meine Gute!« schrie er, als würde er singen.

Wieder wandte sich das Pferd nach seiner melodischen Stimme um, sah ihn sanft an und blieb mitten auf dem Zebrastreifen stehen.

Tante Gruscha und ich standen dicht vor dem Wagen, und die Leute, die uns entgegenkamen, standen uns gegenüber, auf der anderen Seite.

»Hüh, meine Gute!« rief der Mann.

Das Pferd sah ihn gutmütig an, ohne sich von der Stelle zu rühren.

Tante Gruscha und ich standen da und warteten. Und die Leute uns gegenüber standen auch da und warteten. Nur ein dürrer junger Mann in einer Windjacke mit hochgeklapptem Kragen ging um den Karren herum auf die andere Straßenseite.

»Hüh, meine Gute!« flehte der Mann und gab dem Pferd die Peitsche.

Das Pferd schüttelte leise den Kopf.

Inzwischen war wieder das rote Licht aufgeflammt, doch die Autos fuhren nicht los. Sie hupten. Das Pferd sah sich sanft nach ihnen um und schüttelte die Mähne. Es schwitzte. Plötzlich erbebte der Leib des Schimmels, denn aus dem Hupen der Autos löste sich die durchdringende Trillerpfeife eines Milizionärs. Das Pferd hob die schweren Hufe, wollte einen Schritt machen, überlegte es sich jedoch anders und setzte den Huf wieder auf den Boden. Ein weiteres Mal sah es seinen Herrn liebevoll an und umfing die hupenden Autos und die Menschen zu beiden Seiten des Karrens mit einem Blick.

»Gutes Pferdchen!« sagte ich und streckte ihm die Hand hin.

Der Schimmel blinzelte ein paarmal und schob mir seinen Kopf entgegen.

»Hoh, meine Gute!« Wieder schlug der Mann mit der Peitsche auf den breiten Pferderücken ein.

Ich dachte, das würde dem Tier weh tun, aber es bemerkte die Schläge nicht einmal. Das Pferd rührte sich nicht vom Fleck, betrachtete aufmerksam die Menschen und die blauen Buchstaben, die »Zoo« bedeuteten.

Ein Milizionär trat zu dem Mann auf dem Wagen und verlangte:

»Sie müssen eine Strafe bezahlen!«

Der Mann sagte: »Ach wo.«

Der Milizionär konnte ihn nicht verstehen, weil die Autos so laut hupten. Er drohte ihnen wütend mit seinem Stock, und sie verstummten.

»Ach wo«, wiederholte der Mann, »keine Kraft hat es mehr! Ist doch schon alt, und hat Angst gekriegt in der Stadt. Ich habe denen in der Sowchose gesagt, sie sollen mir Sawraska geben oder Sadora, die sind jünger. Oder einen Laster hinschicken in die Stadt! Aber die . . .«

»Gehen Sie weiter!« Der Milizionär winkte mit seinem Stab zu mir und Tante Gruscha hin.

Aber wir rührten uns nicht.

»Weitergehen!« sagte er noch einmal zu den Leuten auf der anderen Seite des Wagens, doch auch sie verharrten reglos.

Uns gegenüber stand eine hagere, hochgewachsene alte Frau mit einer Baskenmütze, die sie tief in die eine Gesichtshälfte heruntergezogen hatte. Die Frau hob eine Braue und sagte:

»Wie kulturlos, nein, wie kulturlos!«

Hinter ihr stand ein kleiner Junge ohne Augenbrauen, der mich breit anlächelte. Ich setzte ein würdevolles Gesicht auf, wie Onkel Kirscha.

Tante Gruscha und die alte Frau mit der hochgezogenen Braue bemerkten einander und tauschten ein Nicken. Da nickte ich auch zu dem brauenlosen kleinen Jungen hinüber. Er winkte zurück und hüpfte auf der Stelle.

»Bezahlen Sie die Strafe!« wiederholte der Milizionär. Der Dorfmann kramte in den Taschen seiner Wattejacke und holte drei runde Münzen hervor. Ich wußte, daß in jedem Geldstück ein ganzer Rubel steckte.

Mir fiel ein, wie Tante Gruscha und ich am Tisch

mit dem grünen Tischtuch gesessen hatten. Darauf lag ein Buch, und die aufgeschlagene Seite zeigte ein Pferd, das vor einen Karren gespannt war, und auf dem Karren saß ein Bauer. Das Pferd sah genauso aus wie dieses hier, mit schweren Hufen, ein Schimmel, und der breitgesichtige Mann war genauso semmelblond. Darunter stand ein Gedicht, Tante Gruscha trug es mit ausdrucksvoller Stimme vor. Hinter dem Fenster rieselte der Winter in großen, flaumigen Schneeflocken, und Tante Gruscha und ich hatten das Wintergedicht auswendig gelernt.

Der Mann bezahlte die Strafe und schrie überlaut »Hoh«, um gleich darauf mit erlöschender Stimme hinzuzufügen:

»Hat gar keinen Zweck!«

Alle verstummten vor diesem heftigen Schmerz, selbst der Milizionär wußte nicht, was er tun sollte. Die Strafe hatte der Mann bezahlt, aber der Karren bewegte kein Rad, und die Menschen gingen nicht auseinander. Der Milizionär stand einfach da, wortlos, mit herabhängendem Stab.

»Winter ist's!« sagte ich laut und rief mir ins Gedächtnis, wie Tante Gruscha das Gedicht deklamierte. »Mit seinem Kastenschlitten ebnet der Bauer triumphierend eine Bahn. Sein Pferdchen wittert Schnee . . .«

Alle hatten sich mir zugewandt, und ich fuhr fort:

»Trabt leichtfüßig dahin . . .«

Sogar der Mann sah von seinem Wagen herab zu mir.

»Bald lerne ich lesen«, erklärte ich. »Jetzt kann ich es noch nicht. Tante Gruscha liest mir immer vor!« und ich zeigte auf Tante Gruscha. Die schlug bescheiden die Augen nieder. »Und Sie? Können Sie lesen?« fragte ich den Mann auf dem Karren.

Aber er winkte nur ab. Ich sah, daß das Innere seiner Hand rot und runzlig war. Er wandte sich ab, verdeckte das Gesicht mit dem Ärmel. Etwas schmerzte ihn.

Der Schimmel schüttelte den Kopf und setzte sich gemächlich in Bewegung. Der Wagen rollte vorwärts und gab mich und Tante Gruscha allen Blicken preis. In der Menge hörte man Lachen, wie Feuer flammte es von verschiedenen Seiten auf. »Sicher lachen sie über Tante Gruschas Stiefel«, dachte ich, kam aber nicht mehr dazu, es herauszufinden, denn Tante Gruscha zog mich über die Straße.

Der Milizionär blies erfreut in seine Trillerpfeife, und ich stellte erleichtert fest, daß wir nicht nach Hause gingen, sondern in die Bibliothek.

Dort war es ganz leer, aber auf dem Tisch vor den Bücherregalen stand ein halbausgetrunkenes Glas Tee, daneben lag ein angebissener Apfel und eine Schokoladenpraline der Marke »Bär Mischka im Norden« ohne Bonbonpapier.

Tante Gruscha hüstelte und sagte: »Guten Tag!« Ich hüstelte auch, und der Bibliothekar kam hinter den Regalen hervor. Jedesmal, wenn wir hier waren, wunderte ich mich, wieso eine Frau »Bi-

bliothekar« heißen konnte. Die Bibliothekarin trug einen kurzen Schopf, eine runde Brille, ein Hemd mit schwarzer Krawatte und ein graues Jackett, darunter aber kam keine Hose zum Vorschein, sondern ein brauner Rock über schwarzen, geflickten Stiefeln.
Tante Gruscha und ich gaben »Peter Pan« zurück und nahmen Puschkins Märchen zum Lesen mit.
»Ist es nicht schwierig für Sie, mit dem kleinen Mädchen zurechtzukommen?« fragte die Bibliothekarin, als wir schon gehen wollten.
»Überhaupt nicht«, versetzte Tante Gruscha. »Außerdem kann meine Ljolja Englisch.«
»Ach, wirklich?« sagte die Bibliothekarin und biß ein Stückchen »Bär Mischka im Norden« ab.
Ich nickte kaum merklich. Die Nase der Bibliothekarin war fest zwischen den Brillenrahmen geklemmt und sah sehr klein aus, deshalb mußte sie jedesmal vor dem Sprechen tief Luft holen. Ihre Nasenspitze, über und über mit schwarzen Punkten gesprenkelt, war weiß und weichlich, wie ein in zwei Hälften gebrochenes Mohnbrötchen.
»Erstaunlich«, seufzte die Bibliothekarin und trank einen Schluck aus dem Teeglas. »Wie kann ein so kleines Mädchen Englisch sprechen! Haben Sie der Kleinen das beigebracht?« wandte sie sich an Tante Gruscha und kramte eine Bonbontüte aus der Schublade.
»Nein, nein«, antwortete Tante Gruscha. »Ihre Mutter.«

»Erstaunlich«, wiederholte die Bibliothekarin, riß die Tüte auf und nahm sich ein Bonbon Marke »Tscharodejka«. »Wo gehen Sie spazieren mit der Kleinen?«
»In der Grünanlage vor dem Haus und im Zoo«, gab Tante Gruscha zur Antwort.
»Erstaunlich!« rief die Bibliothekarin, biß das Schokoladenbonbon in der Mitte durch und sie lächelte mich an.
Wir wollten schon gehen, aber ich fing das Lächeln der Bibliothekarin auf und mischte mich in die Unterhaltung.
»Bitte schön«, begann ich und machte eine leichte Verbeugung. Tante Gruscha und die Bibliothekarin lächelten und sahen mich an. »Bitte schön, könnten Sie mir wohl zeigen, was Sie für Bonbons haben?« fragte ich und lächelte zurück.
»Erstaunlich!« sagte da die Bibliothekarin und blickte Tante Gruscha zornig an. »Bonbons essen ist sehr schädlich, meine Kleine! Man bekommt davon bröcklige Zähne und dicke Beine. Hast du mich verstanden?«
Sie räumte die Bonbontüte wieder in die Schublade und verabschiedete sich barsch.
Auf dem Heimweg sahen Tante Gruscha und ich die hochgewachsene alte Frau mit der Baskenmütze auf der einen Wange und den brauenlosen Jungen. Sie kamen uns entgegen.
»Wowa«, fragte die hochgewachsene alte Frau den Jungen. »Wenn du dich einmal verläufst auf der Straße oder im Laden, was machst du dann?«

»Ich gehe zu einem Milizionär«, antwortete der brauenlose Junge, »und sage, daß ich Wowa Sorin-Trubetzkoi bin. Und dann sage ich noch, wo ich wohne.«

Tante Gruscha und ich hörten aufmerksam zu.

»Und wo wohnst du?« fragte ihn die alte Frau weiter aus.

»Gogol-Straße. Haus siebzehn Strich a, Wohnung dreißig«, ratterte der brauenlose Junge herunter.

»Wir haben haargenau die gleiche Adresse«, sagte ich aufgeregt zu Tante Gruscha, »bloß, daß unsere Wohnung die einunddreißig ist.«

»Das sind unsere Nachbarn«, sagte Tante Gruscha zu mir.

Ich beruhigte mich wieder und überlegte, warum unser Haus nicht einfach Nummer siebzehn hieß, sondern siebzehn Strich a. Besonderes Kopfzerbrechen bereitete mir das Wort »Strich«.

Plötzlich hob der brauenlose Junge die Augen und sah Tante Gruscha und mich.

»Liebe Ljolja!« schrie er, riß sich von der hochgewachsenen Alten los und kam zu uns gelaufen.

Ich versteckte mich hinter Tante Gruschas Rükken. Aber er lief um sie herum und sagte:

»Ich heiße Wowa!«

Seine Windjacke war offen, und als er auf mich zurannte, sah ich, wie sein Bauch unter der Jacke hüpfte.

Seine Oma hatte in der Zwischenzeit die Baskenmütze von der Wange geschoben und auf dem Kopf festgesteckt. Doch sie hielt nicht lange,

rutschte wieder herab, diesmal auf die andere Wange.
»Guten Tag, Agraphena Fedossejewna«, nickte sie uns zu.
»Nochmals guten Tag, Anna Fjodorowna«, nickte Tante Gruscha zurück.
»Ich sage ihm«, und sie wies auf den brauenlosen Jungen, »daß zu Ihnen bald Ihre kleine Enkelin kommt. Da hat er mich vielleicht gemartert: ›Wann denn, wann denn nur?‹«
Wowka lächelte verlegen.
Durch die Grünanlage kam Onkel Kirscha, zusammen mit den Halbwüchsigen. Die Jungen umringten ihn von allen Seiten, als hätten sie ihn gefangengenommen. Vornweg lief Pascha Melone, der Knirps, ging immer wieder in die Hocke, tänzelte und zappelte. Onkel Kirscha blieb stehen, und die Jugendlichen blieben auch stehen, brachen über irgend etwas in Lachen aus, und Onkel Kirscha lachte ebenfalls. Dann traten sie auseinander, ließen Onkel Kirscha gehen, und er stolzierte gravitätisch auf uns zu.
»Hast du nicht gehört, was sie zu Onkel Kirscha gesagt haben?« fragte ich Wowka.
»Sie haben gesagt, sie murksen ihn ab.«
»Und was hat er geantwortet?«
»Das habe ich nicht verstanden . . .«
Als Onkel Kirscha bei uns war, kam es mir so vor, als sei er sehr erschrocken.
»Na, wie war's?« fragte ihn Tante Gruscha, aber er antwortete nicht.

Er machte eine Verbeugung vor Wowkas Oma und sagte:
»Bonjour, Madame Sorina-Trubetzkaja!«
Wowkas Oma lachte und gab zur Antwort:
»Tag auch!«
Onkel Kirscha machte ein würdevolles Gesicht, so wie auf dem Foto in dem alten Album, und ich tat es ihm nach.
»Unser Wowka lernt Musik«, sagte Wowkas Oma. »Er spielt Klavier, und ab nächstem Jahr lernt er Geige.«
»Unsere Ljolja kann auch schon eine Menge«, sagte Tante Gruscha. »Sie spricht Englisch.«
»Sieh einer an!« staunte Wowkas Oma und fragte mich etwas.
Ich schwieg zuerst, um mich wichtig zu machen, und nickte dann.
»Ich habe dich gefragt, wie alt du bist«, sagte Wowkas Oma.
»Vier«, antwortete ich wie aus der Pistole geschossen.
»Genau wie ich, genau wie ich«, bestätigte Wowka und zeigte vier Finger.

Auf dem Heimweg fragte Tante Gruscha:
»Hast du gesehen, wie Aljonka unserer Ljolja den Pony verunstaltet hat?«
Onkel Kirscha sah mich an.
Ich schüttelte den Kopf, damit sich die Haare in Zotteln legten.
»Das spielt doch keine Rolle«, sagte Onkel Kirscha.

»Das ist noch nicht alles«, sagte ich. »Sie nimmt auch Geld aus meiner Schachtel auf dem Fensterbrett.«
»Das kann nicht sein«, versetzte Tante Gruscha ungläubig.
»Doch, doch, es stimmt!« beharrte ich.
»So ein Weibsstück aber auch!« schimpfte Onkel Kirscha, und mir schien, daß sein Zorn gar nicht Aljonka galt.
Zu Hause fing Onkel Kirscha an, immer im Kreis durch das Zimmer zu laufen und halblaut vor sich hin zu singen, wobei er dann und wann französische Worte einflocht. Ich folgte ihm. Aber er nahm keine Notiz von mir, und von Tante Gruscha auch nicht.
»Na, und worüber hast du dich mit denen unterhalten?« hielt es Tante Gruscha schließlich nicht mehr aus.
»Über gar nichts«, wehrte Onkel Kirscha ab und lief so weiter. »Einfach ein Gespräch unter Freunden.«
»Was haben sie zu dir gesagt?« ließ Tante Gruscha nicht locker.
»Sie wollten sich ein bißchen Geld borgen.«
»Und du?«
»Ich habe es ihnen geliehen bis Freitag. Sie sind doch jung. Das verstehst du hoffentlich!«
»Wie oft habe ich dir schon gesagt, Kirill, du sollst dich nicht mit denen einlassen.«
»Sei still!« schrie Onkel Kirscha, und seine Lippen zitterten. In dem Moment klingelte das

Telefon. Lange und durchdringend. Aber Onkel Kirscha und Tante Gruscha rührten sich nicht einmal.
»Das kommt aus Leningrad«, begriff Tante Gruscha endlich. »Nein, das ist Natka«, widersprach Onkel Kirscha. »Natka ist das.«
»Und ich sage dir: aus Leningrad!«
»Und ich sage: Natka!«
Als ich das Wort »Leningrad« hörte, rannte ich zum Telefon und nahm den Hörer ab.
»Mama«, fragte ich, »wie bist du bloß in diesen klitzekleinen Hörer gekommen?«
Mama kicherte und sagte, ich sollte ihr Tante Gruscha geben. Ich reichte Tante Gruscha den Hörer und stellte mir vor, wie Mama dort, in dem Telefon, auf dem Sofa saß, Kaffee trank und eine Zigarette rauchte.
»Hast du Ljolja Englisch beigebracht?« fragte Tante Gruscha aufgeregt.
»Wie kommst du darauf?« sagte Mama aus dem Telefonhörer. »Ich bin so furchtbar beschäftigt.«

Ich ging in den Flur, hängte mich von beiden Seiten an die Klinke der Toilettentür, zog die Beine hoch und begann zu schaukeln. »Hilfe – Hilfe!« schrie ich im Takt des Hin-und-Her-Schwingens, denn ich hatte am Morgen gesehen, wie einer der Jugendlichen Onkel Kirscha gegen die Brust boxte.
»Hilfe – Hilfe!« schrie ich so lange, bis Tante Gruscha fertig war mit Telefonieren. Und sogar,

als sie sich zu Onkel Kirscha aufs Sofa setzte, schrie und schaukelte ich weiter.

»Mörder! Räuber!« brüllte ich. »Hilfe, so helft doch!« Und ich stellte mir vor, wie Onkel Kirscha weglief, und hinter ihm rannte die fröhliche Meute der Jugendlichen mit ihren Taschenmessern, allen voran Pascha Melone.

Plötzlich klopfte jemand schüchtern an unsere Tür, aber weder Tante Gruscha noch Onkel Kirscha konnten es hören aus dem Zimmer. Das Klopfen wurde stärker, doch wieder hörten sie es nicht. Da schrillte die Türklingel, und Tante Gruscha ging ächzend und brummelnd öffnen.

Auf der Schwelle stand Wowas Oma.

»Was ist denn passiert?« fragte sie erschrocken.

Ich hing immer noch an der Türklinke, schrie aber nicht mehr, denn jetzt stellte ich mir vor, wie die Jugendlichen mit Pascha Melone vornweg Onkel Kirscha eingeholt hatten und wie er für sie singen und Gitarre spielen mußte.

»Nichts«, antwortete Tante Gruscha verwundert. »Bei uns ist nichts passiert.«

»Aber es hat doch jemand um Hilfe gerufen bei Ihnen«, gab Wowkas Oma nicht nach. »Richtig aus Leibeskräften! Ich habe es eben gehört!«

Sie versuchte, über Tante Gruschas Schulter hinweg in das Zimmer zu spähen.

»Das war Ljolja«, versetzte Tante Gruscha unwillig und verdeckte mit ihrem Körper das Zimmer, in dem Onkel Kirscha weinend auf dem Sofa saß. Plötzlich wurde ihre Stimme kalt und heraus-

fordernd: »Das Kind spielt, verstehen Sie das nicht?«
»Tut dir wirklich nichts weh?« fragte mich Wowkas Oma besorgt. Ich schwieg und betrachtete sie neugierig. Sie hatte eilig einen Mantel über ihren Frotteekittel geworfen und knautschte die weite gestrickte Baskenmütze zwischen den Fingern.
»Wie fühlst du dich?« fragte sie nochmals und sah mich forschend an.
»Na schön«, nickte Wowkas Oma schließlich mißtrauisch und ging.
Aber ich hörte, daß sie auf dem Treppenabsatz unter unserer Tür stehenblieb. Da schrie ich wieder lauthals um Hilfe, damit man Onkel Kirschas Schluchzen nicht hörte.

SuchFindearbeiten

Jeden Morgen nahm Tante Gruscha die Fibel und brachte mir das Lesen bei. Wir saßen beide an dem runden Tisch. Sie stützte die Ellenbogen auf das Tischtuch und legte ihr großes Gesicht in die gespreizten Hände. Heute hatte Tante Gruscha die Fibel bei dem Buchstaben »K« aufgeschlagen. Unter dem »K« waren zwei bunte Kühe gezeichnet, die auf kleinen grünen Inseln weideten. Zwischen den Inselchen stand ein Krug Milch auf einer weißen Untertasse.
»Lies«, sagte Tante Gruscha und blinzelte heftig im Rhythmus der Worte.

Sie hatte sehr lange Wimpern, und wenn sie die Lider senkte, verwoben sich die oberen Wimpernhärchen mit den unteren und ließen nur widerstrebend voneinander ab, wenn sie die Augen hob, um mich anzusehen.
Onkel Kirscha lag auf dem Sofa, das Gesicht zur Wand gekehrt, und sprach nicht mit uns. Tante Gruscha dachte, ihn würde Reue quälen, aber ich sah: Er langweilte sich. Zuerst zog er mit dem Finger die grünen Streifen auf dem Sofarücken nach, dann zog er einen Faden aus dem Bezug und riß ihn ab.
»In dem K-rug ist Mi-lch«, las ich. »Die K-uh Sor-ka macht muh! . . .«
Mir fiel das brauenlose Gesicht von Wowka Sorin-Trubetzkoi aus der Eckwohnung ein. Wie er mit ausgebreiteten Armen zu mir gerannt kam, wie sein Bauch unter der Windjacke lustig hüpfte und die Wangen glühten. Und sofort verstand ich, wer mit dem Satz gemeint war.
»Die K-uh Sor-ka«, wiederholte ich, lachte schallend und trampelte mit den Füßen.
»Genug«, sagte Tante Gruscha und klappte die Fibel zu.
Aus dem Bücherstapel vor der Tischlampe nahm sie ein rotes Buch mit einer blauen Zeichnung auf dem Einband. Nach diesem Buch sehnte ich mich schon lange und hatte Tante Gruscha immer wieder angefleht, gleich damit anzufangen. Und selbst als sie mir »Peter Pan« vorlas, verging ich vor Verlangen nach diesem Buch und strei-

chelte heimlich mit den Fingern den blauen Einband.
»Die blaue Blume«, begann Tante Gruscha.
Ich erstarrte reglos. Und auch Onkel Kirscha rutschte aufgeregt hin und her auf seinem Sofa und drehte sich zu uns um.
»Es waren einmal zwei Brüder«, las Tante Gruscha.
Da schrillte die Türklingel plötzlich durchdringend.
Tante Gruscha legte das Buch beiseite und ging aufmachen.
Onkel Kirscha winkte ärgerlich ab und erhob sich vom Sofa.
Das, was Tante Gruscha gelesen hatte, wußte ich bereits selbst, weiter folgten in gleichmäßigen schwarzen Zeilen Buchstaben, die ich zwar kannte, die sich jedoch auf höchst verwirrende Art und Weise zu Worten zusammensetzten.
Im Flur zogen Natka und Aljonka die Mäntel aus, aber ich lief ihnen nicht entgegen. Ich bekam nur mit, daß Natka traurig war und auf die wortreiche Begrüßung Onkel Kirschas kurzangebunden und unwirsch reagierte.
Sie betrat das Zimmer, sah sich für einen Augenblick in Tante Gruschas Spiegel, kehrte dem Sprung erschrocken den Rücken zu und schaute mich an.
»Ljolja!« lächelte sie traurig.
Ich drehte mich weg.
Hinter Natka kam Aljonka ins Zimmer gelaufen

und wollte gleich zu mir. Aber auch sie schaute ich nicht an. Da versteckte sich Aljonka hinter der fülligen Natka und war nicht mehr zu sehen.
»Gruschenka«, sagte Natka sanft, ich wollte es Ihnen schon letztes Mal erzählen, aber Kirill Nikolajewitsch hat mich davon abgebracht.«
Sie öffnete die kleine schwarze Aktentasche, die sie statt einer Handtasche bei sich trug, holte ein Stück Weißbrot hervor, auf dem sich dunkle Kerben abzeichneten, dann eine rosige, schlanke Wurst und ein Hühnerbein.
»Also gestern, da haben sie in Motschischi wieder gefeiert. Die Sauna in Schwung gebracht, ausgiebig gebadet, und dann gegessen und getrunken ... Das ist für Sie, zum Tee ...«
Sie kramte ein grüne Schachtel Konfekt hervor, machte sie auf, und ich konnte sehen, daß die Hälfte fehlte. Dafür waren die Pralinen, die noch in der Schachtel lagen, in goldenes und silbernes Bonbonpapier eingewickelt. Manche sahen aus wie Sterne, andere wie Schiffe, und wieder andere wie Flugzeuge.
Ich lächelte Natka an und machte eine Kopfbewegung in Richtung Aljonka. Die kam schüchtern hinter Natkas Rücken hervor.
»Die blaue Blume«, sagte ich zu Aljonka und wies auf die Kornblume, die den Einband zierte. »Wegen ihr ist einer der beiden Brüder gestorben, ich weiß bloß nicht, welcher. Der ältere oder der jüngere.«
»Hi-hi-hi!« prustete Aljonka los und langte nach

den Pralinen. Ich machte die Schachtel zu. Aljonkas eines Auge sah mich aufmerksam an, das andere aber rutschte wie gestern zur Nasenwurzel. Ich dachte, das wäre ein Spiel bei ihr und versuchte auch so zu schielen, aber es tat mir weh. Natka und Tante Gruscha saßen auf dem Sofa. Es bog sich unter Natkas Fülle.

»Diesen Sommer waren wir bei meiner Mutter auf dem Dorf. Sie hat dort ein Häuschen, na Sie wissen schon, ein Brunnen im Hof, ein Gemüsegarten, ein kleiner Schuppen für das Brennholz, alles, wie es sich gehört«, erzählte Natka Tante Gruscha.

Onkel Kirscha betrachtete unzufrieden das Fotoalbum, und er beteiligte sich nicht an dem Gespräch.

»Vergangenes Frühjahr hat Aljonka dort immer mit einem Mädchen gespielt. Domna hieß die Kleine. Domna Tschmeljowa. Was für ein schlichter Name . . .«

»Wirklich schlicht«, stimmte Tante Gruscha zu.

Onkel Kirscha zuckte nur die Schultern.

»Solche Namen geben sie den Kindern jetzt nur noch auf dem Dorf«, fuhr Natka traurig fort. »Hier bei uns in der Stadt würden einen die Leute bei so einem Namen ganz bestimmt hänseln . . .«

»Bei uns in der Stadt käme man damit keinen Schritt weit!« bekräftigte Tante Gruscha.

»Wie ich gehört habe, soll es solche seltsamen

Namen auch auf dem Dorf nicht mehr geben für die Kinder. Es wird einfach verboten...«

»Verbieten sie Ljolja auch?« erschrak ich. »Oder darf man so heißen?«

Natka beruhigte mich:

»Man darf...«

Sie hob die Augen und sah sich im Zimmer um. Tante Gruscha folgte ihrem Blick. Ich dachte, gleich würden die Schmetterlinge wieder fliegen: Der schwarze Falter verfolgt den braunen, doch der flieht schwerelos unter die Decke, da gibt der schwarze Schmetterling die Jagd auf und setzt sich fröhlich auf den Ball, der braune aber gleitet über den Riß im Spiegel. Doch statt dessen sah ich Natkas melancholische Augen und Tante Gruschas aufmerksamen Blick, in dem jeden Moment Trauer aufglimmen konnte.

»Diese Domna im Dorf war Vollwaise«, erzählte Natka weiter.

»Waise«, echote ihr Tante Gruscha nach und rückte näher an Natka heran, um kein Wort zu verpassen.

»Sie wohnte bei ihrer Patentante Eva Stepanowna. Die war wirklich gutmütig und richtig reich. Sie hatte einen großen Gemüsegarten zu versorgen, und Schweine und Hühner. Aber Domna, die hat ihr überhaupt nicht geholfen, ist nur den lieben langen Tag im Dorf herumgerannt. Als ich sie frage: ›Domnuschka, wohin rennst du denn?‹, antwortet sie mir: ›Wind fangen!‹ Dabei war sie doch schon dreizehn. Aber keiner hänselt sie im Dorf, aus Angst vor Eva Stepanowna ... Diese Domna, die kommt zu keiner Mahlzeit nach Hause, nicht zum Mittagessen und nicht zum Abendbrot. Bloß zum Schlafen. Sie können rufen und rufen: ›Domnuschka, komm essen!‹ Aber Domnuschka hört nicht. Sie hatte meine Aljonka ins Herz geschlossen, hat bloß von ihr was genommen. Aljonka sollte sie immer füttern, mußte das Brot in kleine Bröckchen krümeln und es ihr hinhalten auf der Hand ...«

»Diese Domna war wirklich nicht zum Angukken«, bestätigte Aljonka. »Spindeldürr, das Gesicht voll Pockennarben, bloß so groß«, Aljonka ging in die Knie, bis sie kleiner war als ich. »Und die Beine – dünner als deine.« Sie berührte mein Knie, »dünn wie meine Finger waren die. Und die Augen rund und blau ... Richtige Kornblumen!«

Onkel Kirscha schlug geräuschvoll das Fotoalbum zu und trommelte mit den Knöcheln auf dem Fensterbrett irgendeine Melodie.

Aber Natka beachtete ihn nicht.

»Und einmal, da sind Domna und Aljonka durch das Dorf gelaufen und weiter auf ein Stoppelfeld. Domna ist gestolpert, und ein Strohhalm hat ihr ein Auge ausgestochen. Sie hat geweint und geschrien, dann ist sie ohnmächtig geworden. Aljonka wollte Hilfe holen auf der Straße, aber es war keine Menschenseele zu sehen. Da läuft sie zurück und sieht, daß Domna wieder bei Bewußtsein ist und nicht mehr weint und schreit, sondern einfach nur auf der Erde sitzt, und von oben strömt sanftes blaues Licht herab, und über die Wange rinnt ein dünner Strahl Blut ...«

»Alles war genau so!« unterbrach Aljonka ihre Mutter und stemmte die Hände in die Seiten. »Blaues Licht fließt von oben, kein Lüftchen, die Strohgarben stehen kerzengerade, und Domnuschka schreit nicht mehr. Ich rufe sie, doch sie hört nicht, da lege ich ihr meine Hand auf die Schulter, aber sie dreht sich nicht um. Ich sehe, daß sie mit jemandem spricht, bloß die Worte kann ich nicht verstehen ...«

»Ich erzähle weiter!« fuchtelt Natka zu Aljonka hin.

Aljonka macht ein trauriges Gesicht.

Ich will sie trösten: »Nimm dir eine Praline.« Ich schiebe die Schachtel zu ihr hinüber.

Aljonka nimmt sich einen goldenen Stern und ein silbernes Flugzeug und läßt beides in ihre Rocktasche gleiten.

»Und dann hat Domna erzählt, sie habe ein ganz, ganz blaues Licht gesehen, so blau und unergründlich wie der Himmel, und eine feurige Leiter, und über die sei die Gottesmutter herabgestiegen in einem langen Umhang«, sagte Natka mit Singsangstimme und wiegte sich im Takt der Worte. »Der ganze Umhang war mit Sternen übersät, und auf dem Kopf trug sie eine Krone, und ein Glorienschein umstrahlte sie. Ihre Brust war frei und mit unzähligen Wunden bedeckt, aus denen Blut floß. Auf der siebenten Stufe von unten blieb sie stehen und segnete Domna mit beiden Händen, neigte dann den Kopf mit einem Ausdruck tiefster Trauer und stieg zurück in den Himmel. Als das Licht erlosch, kam Domna zu sich. Sie erkannte Aljonka, spürte wieder den Schmerz im Auge, weinte und verschmierte das Blut auf der Wange. Und dann sind Leute gekommen und haben die beiden gefunden, mitten im Feld, sie haben Domna hochgehoben, in einen Lastwagen gesetzt und ins Krankenhaus gebracht. Da ist sie dann in Tiefschlaf gefallen und genau 24 Tage nicht wieder aufgewacht. Aljonka und ich konnten nicht warten, bis sie wieder zu Bewußtsein kommt, wir sind in die Stadt zurückgefahren ...«

Onkel Kirscha drehte Natka den Rücken zu und schaute aus dem Fenster. Ich sah, wie sich sein Gesicht und die Muskeln an dem dünnen, welken Hals spannten. Ich wußte, daß es nicht Natkas Geschichte war, die ihn so erregte. Unter unserem Fenster hatten sich die Halbwüchsigen mit ihren Taschenmessern postiert. Sie machten eine tiefe Verbeugung vor Onkel Kirscha und nannten ihn »Graf«. Er schaute sie lange an, hielt es dann aber nicht mehr aus und zeigte ihnen seine schwache, doch zugleich schwere Faust über dem dünnen Handgelenk. Die Jugendlichen grölten und zogen ab.

Unterdessen fuhr Natka fort:

»Als wir im nächsten Jahr wieder ins Dorf kamen, sagte meine Mutter schon auf der Schwelle zu

mir: ›Eva Stepanowna fragt jeden Tag nach euch!‹ Kaum hatte sie das gesagt, da kommt auch schon Eva Stepanowna selbst, sieht uns, nimmt Aljonka an die Hand und bittet: ›Lassen Sie sie gleich mit mir mitgehen zu Domnuschka. Das Mädchen läuft überhaupt nicht mehr im Dorf herum, sitzt nur am Fenster, weint und fragt nach Aljonka, und dann fleht sie noch, wir sollen mit ihr nach Kiew zu den heiligen Reliquien, aber wie können wir denn mit ihr hinfahren in diesem Zustand ...‹ Aljonka ist mit Eva Stepanowna mitgegangen, weil die so gebettelt hat ...«
»Ja, ich bin mitgegangen«, flocht Aljonka aufgeregt ein. »Wir gehen also, gehen ...«
»Laß mal.« Natka fuchtelte wieder mit der Hand. »Ich erzähle selber ...«
Wieder wurde Aljonka traurig und nahm sich bekümmert noch ein silbernes Schiff aus der offenen Pralinenschachtel.
»Meine Mutter und ich blieben allein zurück. Wir sitzen so da und warten, und meine Aljonka kommt und kommt nicht, eine Stunde vergeht, noch eine und noch eine ... Da habe ich mich aufgerafft und bin zu Eva Stepanowna gegangen. Wie ich hinkomme, sitzt Aljonka auf dem Fußboden neben Domnuschka und hat ihr den Kopf auf die Knie gelegt, und Domnuschka streicht ihr übers Haar. Domna trägt eine schwarze Binde über das ganze Gesicht, damit man das ausgestochene Auge nicht sieht, und ihr Gesichtchen ist immer noch so jung und leuchtet ...«

»Und alle Pockennarben sind verschwunden«, wirft Aljonka ein. »Bloß noch rote Sommersprossen und das Kornblumenauge ...«
Natka sieht Aljonka zornig an. Aljonka schaut zu Boden.
»Und Eva Stepanowna liest ihnen aus einem Heft vor, was Domna geträumt hat während der 24 Tage. Domna hört zu und nickt, ja, will sie sagen, es stimmt, sie hat alles so aufgeschrieben, wie ich es geschildert habe ...«
»Natotschka«, vergewissert sich Tante Gruscha schüchtern, »hast du dieses Heft?« Sie nimmt Natkas fleischige Hand mit den goldenen Ringen.
Natka löst ihre Finger aus Tante Gruschas Hand, öffnet die schwarze Aktentasche und zieht ein Schulheft hervor. Auf dem Umschlag ist eine Multiplikationstabelle abgebildet.
»Sie haben alles so aufgeschrieben, wie Domna es erzählt hat, gleich im Krankenhaus«, sagte Natka. »Das Mädchen ist ja nie in eine Schule gegangen und konnte nicht schreiben. ›Kurz darauf sah ich in der Ferne eine Stadt‹, begann Natka mit brüchiger Stimme. ›Eine so riesige Stadt, daß man kein Ende erkennen konnte. Das Stadttor war aus Perlen und Edelsteinen. Den rechten Pfosten des Tores zierte eine Darstellung des Erzengels Michael, den linken ein Bild des Erzengels Gabriel. In dieser Stadt war das Straßenpflaster aus Marmor mit verschiedenen Mustern, einem Kreuz oder einem Blumenstrauß. Ikonen schmückten die Häuser, und zwischen den Häusern standen

viele, viele Kirchen. Ich bin gleich zu einer Kapelle gegangen, und wie ich hineinkam, sah ich die Schmerzensreiche – die Ikone der Mater dolorosa. Im Inneren der Kapelle war ein Leuchten, Wohlgeruch hing in der Luft. Vor der Ikone sah ich einen Kerzenhalter von unglaublicher Schönheit, in dem verschiedenfarbige Kerzen brannten: himmelblau, grün, goldgelb und weiß. Und auf einmal sprach einer der Erzengel zu mir . . .‹«

Onkel Kirscha krächzte ein spöttisches Lachen hervor und ging in die Küche:

»Ich habe im Gymnasium noch Religionsunterricht gehabt«, warf er von oben herab über die Schulter. »Wir saßen in den Klassenzimmern und mußten tagelang die Märchen vom Himmelreich lesen. Und nach der Schule sind wir auf dem Fahrrad den Boulevard hinunter nach Hause geradelt . . . Das waren noch Zeiten!«

»Aber es gibt auch noch die Hölle!« sagte Natka fest und sah ihn durchdringend an.

»Bleib hier, Kirill!« befahl Tante Gruscha.

Halb nach vorn, halb zu uns gewandt, erstarrte Onkel Kirscha reglos in der Küchentür.

»Dann habe ich eine Menschenmenge gesehen«, las Natka mit bebender Stimme. »Die Leute wimmelten durcheinander, und hinter ihnen standen viele Teufel, alle ganz verschieden: bucklig, hochgewachsen, gehörnt wie Ochsen oder mit Schweineohren. Sie kamen immer näher heran an ein Tor, über dem eine Inschrift stand: GÖTZENTEMPEL ALLER SÜNDEN. Kaum einer kann diesem Götzentempel entfliehen. Höchstens durch die Gebete strenggläubiger Beichtiger und frommer Eltern kann man von ihm freikommen. Von fern sah ich die rotglühenden Türen, hörte Stimmen fragen: ›Es wird wohl wieder eine Seele gebracht?‹ In dem Flammenmeer konnte ich eiserne Balken erkennen, mit Ketten daran. An diesen Ketten hingen Männer und Frauen. Zwischen den Rippen der Frauen steckten Säuglinge mit verkohlten Köpfen, bei den Männern züngelten Schlangen unter jeder Rippe hervor. Ich fragte: ›Für welche Sünden müssen sie denn so büßen?‹

Mir wurde geantwortet: ›Das sind Dirnen und Ehebrecher! Die Schlange ist das Zeichen der Sünde, und der Säugling, das ist die abgetriebene Frucht!‹«

»Ha, die Hölle?« schrie uns Onkel Kirscha mit furchtbarer Stimme zu und fuhr Natka in die Parade. »Wo sind denn die Beweise, daß es eine Hölle gibt?«

»Wart's ab, Kirill, du wirst sie noch zu sehen bekommen«, gab Tante Gruscha finster zurück.

Onkel Kirscha ging in die Küche und pfiff irgendeine alte Melodie, zu der mir die Worte nicht einfallen wollten.

Im gleichen Moment stimmten wie zur Antwort direkt unter unserem Fenster die Halbwüchsigen dünnstimmig und klagend einen schrillen Gassenhauer an …

Wir gingen auf die Straße. Tante Gruscha hielt mich an der Hand und führte mich die Treppe hinunter.
»Eins«, zählte sie die Stufen, »zwei ...«
»Vier«, fiel ich ein.
»Nein«, korrigierte mich Tante Gruscha. »Drei ...«
Ich wollte mich verbessern, doch da sah ich Wowka im Hof. Er saß im Sandkasten und grub mit einem kleinen Spaten einen unterirdischen Gang. Seine Oma saß auf der Bank unter dem Kletterpilz und ließ ihn keinen Augenblick aus den Augen. Ich riß mich von Tante Gruscha los, lief hinterrücks an Wowka heran und schrie ihm ins Ohr: »Wau!« Seine Oma fuhr vor Schreck zusammen und sprang von der Bank auf. Wowka aber freute sich und nickte mir zu.
»Du hast keine Oma, sondern ein Omachen!« flüsterte ich ihm ins Ohr.
»Was du da sagst!« Er ärgerte sich. »So was darf man nicht sagen!«
»Darf man doch!« lächelte ich.
»Und wen hast du dann?« fragte Wowka beleidigt.
»Ich habe Tante Gruscha!«
Ich drehte mich um: Tante Gruscha hastete mit schweren Schritten zu der Bank unter dem Kletterpilz.
Ich nahm den Spielzeugspaten und fing an, den Gang von der anderen Seite zu graben.
»Wo sind denn deine Augenbrauen, Wowka?« fragte ich und sah von meiner Arbeit auf.

»Was?« Er hatte meine Frage nicht verstanden, fuhr sich mit der Hand über Nase und Nasenrücken.

»Wo deine Augenbrauen sind, will ich wissen.«

»Wo sollen die schon sein!« Er winkte ab und hielt mir das Gesicht hin.

Seine Augen waren halbrund, leuchtend hellblau, eingerahmt von dicken, geschwungenen Wimpern. Über den Augen verliefen strohgelbe Brauenstreifchen.

»Jetzt ist mir alles klar«, nickte ich und streichelte sein Gesicht.

Der Wind wiegte die Bäume, kehrte die hellen Unterseiten ihrer Blätter nach oben und streute Wowka Sand in die Augen. Er kniff sie gleich zusammen, doch über seine Wangen liefen Tränen in breiten Bahnen.

»Ich weiß nicht, was du willst!« Wowka schüttelte den Kopf.

Er machte die Augen wieder auf. Sie waren voller Tränen, und auf dem Grund schwammen schwarze, bebende Pupillen.

Da bog der Wind die Büsche der Grünanlage auseinander, und für einen Augenblick war durch die Lücke die Bushaltestelle zu sehen. Natkas Gestalt tauchte auf. Sie trug den weiten Mantel offen. Darunter konnte man ein rotes, glänzendes Kleid erkennen. Danach schlossen sich die Büsche wieder, und Natka verschwand mitsamt der Haltestelle. »Das kann nicht sein!« dachte ich. »Natka und Aljonka waren doch gerade bei uns

und haben von der einäugigen Domna Tschmeljowa erzählt. Wo hat Natka denn Aljonka gelassen? Und wie kann sie auf einmal dieses rote Kleid anhaben?« Da bog der Wind wieder die Büsche auseinander, diesmal direkt vor mir und Wowka. In dem freien Zwischenraum sahen wir das offenstehende Fenster der »SuchFindearbeiten«. Auf dem Fensterbrett stand eine Vase aus grünem Glas mit engem Hals. Eine dicke Chrysantheme mit dünnem, gekrümmten Stiel und einem spitzen rotgefleckten Blatt ragte daraus hervor. Wowka entfuhr ein Schrei. Er ging auf die Schlucht zwischen den Büschen zu, und ich folgte ihm. Die Zweige schlossen sich hinter uns. Das letzte, was ich hörte, war Tante Gruschas erschrockene Frage:
»Wo sind denn die Kinder?«
Und die träge, schläfrige Stimme von Wowkas Oma:
»Sie sind dort... spielen... unter den Bäumen...«
Doch als ich mich nach den Stimmen umdrehte, sah ich vor mir nur eine Wand aus grünem, bebendem Laub.
Über uns schwangen die Fensterflügel der »SuchFindearbeiten«. Wowka und ich hoben die Köpfe, um besser sehen zu können: Unter der Decke dehnte sich eine braune Tapetenkante, in der Mitte des Raumes hing an einer goldfarbenen Schnur ein gelber Leuchter. Um das ganze Haus herum lief ein niedriger Sims aus Ziegelsteinen,

und als wir hinaufgeklettert waren, lag das Fensterbrett der »SuchFindearbeiten« genau in unserer Augenhöhe. Deshalb konnten wir sehen, was in dem Zimmer vor sich ging. In der seitlichen Wand waren zwei Türen. Die eine stand halb offen und führte in einen Korridor. Dort sah man schwarze Tapeten mit grünem Rautenmuster. Die andere Tür war geschlossen. Dazwischen stand ein Schränkchen mit einem winzigen silbernen Schloß. Aus dem Schloß ragte ein Schlüssel. Über dem Schränkchen hing ein Spiegel, der die ebenmäßigen Streifen des Parketts, das Bild an der gegenüberliegenden Wand und das Fensterbrett mit der großmäuligen Chrysantheme in der grünen Glasvase reflektierte. Unter dem Spiegel auf dem Schränkchen stand ein flacher schwarzer Kasten. Wowka betrachtete das Zimmer und hob die Nase in die Luft, als ob er etwas erschnüffeln wollte.

»Was hast du ausgeschnüffelt?« fragte ich.

»Gleich kommt Besuch...« Wowka wies mit dem Finger auf den runden Tisch in der Mitte des Zimmers.

Der Tisch war gedeckt. Auf einem Tablett stand eine kleine grüne Kaffeekanne mit Goldstreifen, daneben zwei passende Tassen. In einer Schale war Konfitüre, in einer anderen lagen Süßigkeiten. Über der Konfitüre kreiste leise summend eine Fliege. Ich dachte: Wenn sie sich auf den Rand setzt, macht das nichts, aber wenn sie mittendrin festklebt...

Ich schnüffelte wie Wowka und roch den starken, bitteren Kaffeegeruch. Er vermischte sich mit dem herben Duft der Chrysantheme und war dadurch besonders verführerisch . . .
Plötzlich wurde die vorher geschlossene Tür geöffnet. Wowka und ich duckten uns und waren mucksmäuschenstill, damit uns keiner bemerkte. Wir hörten, daß jemand im Zimmer hin und her lief und seufzte, dann gingen die Seufzer in ein schwächliches Pfeifen über, das sich allmählich zu einer Melodie ordnete, jener Melodie, die Onkel Kirscha gerade in der Küche gepfiffen hatte.
Als ich wieder in das Zimmer spähte, sah ich, wie der alte Mann, der Tante Gruscha »Gruschenka« genannt hatte, um den Tisch herumging. Er hielt den Kopf tief gesenkt beim Laufen, schälte mit dem Messer einen Apfel. Die Schale ringelte sich herab wie eine Schlange. Wowka kicherte und boxte mich in die Seite. Ich wollte es ihm gerade heimzahlen, als der Alte unvermittelt den Apfel mitsamt der herunterbaumelnden Schale auf den Tischrand legte und über unsere Köpfe hinweg nach draußen sah. Wir erschraken und sagten kein Wort. Er machte einen Schritt in Richtung Fensterbrett, blieb aber aus irgendeinem Grunde auf halbem Wege stehen und legte die Hände an die Wangen, als sei ihm plötzlich die Idee gekommen, sich mit Luft zu waschen. Er runzelte die Stirn – etwas mißfiel ihm, deshalb ging er zum Spiegel. Der Mann zog zuerst das Jackett aus, dann das Hemd, und als er die Hände aus den Är-

meln riß, blitzten bösartig klimpernd Manschettenknöpfe auf. Wieder wollte Wowka loslachen, aber ich hielt ihm mit der flachen Hand den Mund zu, und gleich machte er eine ernste Miene.

Ich dachte, unter dem Hemd würde ein ausgebeultes, gelbstichiges Turnhemd zum Vorschein kommen, haargenau wie bei Onkel Kirscha, doch statt dessen sah ich einen schlaffen Rükken mit hervorstehenden Schulterblättern. Ich wußte, jeden Augenblick konnten daraus die Federstutze wachsen, die der Mann für seine Botenflüge brauchte. Jetzt war von diesen Flügeln allerdings noch nichts zu erkennen. Der Alte kramte ein Rasiermesser aus dem Schränkchen und schabte ein paar Stoppeln von seinen Wangen, danach griff er zu einer Parfümflasche und spritzte sich einen Tropfen auf den Hals.

Im Korridor läutete die Klingel, doch der Mann ging nicht zur Tür, er rief nur volltönend »Kommen Sie herein!« und warf sich das Hemd über.

Auf der Schwelle erschien die Bibliothekarin. Sie preßte einen Stapel Zeitschriften an die Brust.

»Erstaunlich!« sagte sie, musterte den alten Mann und trat in das Zimmer.

Der Alte wurde verlegen und knöpfte sich hastig das Hemd zu. Die Bibliothekarin betrachtete mißbilligend den Tisch und sagte:

»Sie erwarten Besuch!«

»Schon möglich ...« nickte der Alte.

Die Bibliothekarin blinzelte unter ihrer Brille

hervor und warf den Zeitschriftenstapel auf den Tisch.
»Wen erwarten Sie denn?« wollte sie unzufrieden wissen.
»Eine Dame«, gab der Alte zur Antwort und zog sein Jackett an.
»Eine junge Dame?« ließ die Bibliothekarin nicht locker.
»Schon möglich ...« wiederholte der Alte.
»Verstehen Sie«, sagte die Bibliothekarin, »mir ist vollkommen egal, wer diese Dame ist.«
Der alte Mann bestätigte: »Ich habe Ihr Taktgefühl stets zu schätzen gewußt ...«
»Ich bringe Ihnen einfach einen Auftrag und möchte, daß er so schnell wie möglich erledigt wird!«
»Auch das ist möglich!« Der Alte blätterte in den Zeitschriften. »Ich sehe schon, das macht nicht viel Arbeit!«
Die Bibliothekarin nickte und lehnte sich mit übereinandergeschlagenen Beinen an den Tischrand.
»Haben Sie keine Angst vor Durchzug?« fragte sie versöhnlich und wies zum Fenster hin. »Wir haben doch Herbst ...«
Ich hielt das Fensterbrett umklammert, und von der Anstrengung waren meine Finger ganz taub. Ich wollte sie regen, da verlor die großmäulige Chrysantheme ein Blütenblättchen. Es fiel auf meine Hand.
»Ich bin abgehärtet«, versetzte der Alte knapp.

Die Bibliothekarin wurde ärgerlich und ging ohne »Auf Wiedersehen« zur Tür, doch vor dem Spiegel sagte sie: »Ein Grammophon!«, blieb reglos stehen und hob die Arme, als wolle sie jemanden darin einschließen. Der Mann ging zu ihr, tat so, als küsse er ihre Hand, berührte aber nur die Luft.
»Erstaunlich!« brach es aus der Bibliothekarin hervor. Sie zuckte mit der Schulter und ging.
»Der Auftrag ist übermorgen fertig!« sagte der Alte im Korridor.
Ein Türschlagen war die Antwort.
Der Mann öffnete den schwarzen Kasten auf dem Schränkchen, legte eine Platte hinein und ließ die Nadel herunter. Zuerst kam nur Krächzen, danach Musik, die einen zum Lachen reizte: Rhythmisch klimperte ein Klavier, als würden winzige Fußsohlen hastig über die Tasten flitzen. Dann fielen Trompeten ein und trieben den kleinen Läufer an, jede auf ihre Weise. Heiser, schrill quietschend, mit tiefen dunklen Tönen oder melodiösen Trillern. Sie überstimmten das Klavier. Wowka Sorin-Trubetzkoi stand neben mir auf dem Mauervorsprung, klopfte mit einem Bein den Takt des Klaviers und ließ gekonnt die Schultern rucken, um nicht hinter den Trompeten zurückzubleiben. Die Musik war so urkomisch, daß sich nicht einmal die Musiker das Lachen verbeißen konnten. Sie nahmen die Trompeten von den Lippen, ließen Luft in ihre Lungen strömen und prusteten laut: »Ha-ha-ha-ha-ha!« In den kurzen

Pausen war nur ihr Gelächter zu hören und das trunken hallende Klimpern des Klaviers.

Wieder läutete die Klingel im Korridor, aber diesmal fehlte dem Alten der Mut, einfach »Es ist offen!« zu rufen. Eilig ging er zur Tür. Ich befürchtete, die Bibliothekarin sei zurückgekommen und würde alles verderben. Tatsächlich, im Flur hörte man die Geräusche eines kurzen Gerangels, dann wich der Alte in das Zimmer zurück, und ihm nach trat Natka über die Schwelle, ihre schwarze Aktentasche in der Hand.

»Die Tante kenne ich ...« flüsterte ich laut zu Wowka hin, aber diesmal legte er mir die Hand auf den Mund.

Der Alte stellte die Musik ab. Natka zog den Mantel aus, und plötzlich purzelte aus seinem unergründlichen Innenleben ein buntes Asternsträußchen vor die Füße des Mannes.

»Bevor ich hergekommen bin, war ich auf dem Markt«, sagte Natka mit einem Lächeln im Mundwinkel.

Der Alte bückte sich und hob galant den Strauß auf.

Natka stand da, über ihn gebeugt, in ihrem blendend roten Kleid. Jetzt kam sie mir nicht dick vor. Ich fand sie aufgeplustert und üppig wie der Seifenschaum in der Wanne, wenn Tante Gruscha wusch und, den Rücken auf und nieder beugend, die Wäsche über das hölzerne Waschbrett rumpeln ließ. Natkas rotes Kleid wurde von einem schwarzen Gürtel zusammengehalten, der ihre Taille ganz dünn machte. Am Ausschnitt steckte eine böse blitzende Brosche.

»Sie wissen selber nicht, Natalja Andrejewna, wie unvergleichlich Sie sind!« sagte der Alte und steckte das Asternsträußchen an sein Jackett.

»Wie kommen Sie darauf?« entgegnete Natka.

»Weil Sie so blendend sind«, brachte der Alte aufgeregt hervor. »Weil Sie niemandem ähneln, weil Sie ...«

»Wie kommen Sie darauf, daß ich das nicht wüßte?« präzisierte Natka ihre Frage.

»Weil ...« der Alte wurde vollends verlegen und wußte keine Antwort. »Ein Täßchen Kaffee?«

Natka nickte schweigend, ohne das Lächeln aus dem Gesicht zu verlieren.

Der Alte goß ihr hastig Kaffee ein.

»Chariton Klimowitsch«, begann Natka, die Worte süßlich zerdehnend.

Als Natka diesen Namen aussprach, schreckte ich zusammen, denn mir schien, ich hätte ihn irgendwann, vor langer Zeit, schon einmal gehört.

»Chariton Klimowitsch«, dehnte Natka, »ich habe Ihnen wie immer einen Vorschlag zu machen ...«

»Daran zweifele ich nicht«, lächelte der Alte und setzte sich an den Tisch.

Anfangs, bevor Natka kam, hatte ich in seinen Falten das hoffnungslose Gittergeflecht des Alters erblickt. Jetzt saß er im Schatten, auf dem hochbeinigen Stuhl mit der runden, gebogenen

Lehne, und sein Gesicht ähnelte einem Porträt, mit dem Bleistift gezeichnet, doch nicht in fortlaufenden Linien, sondern gestrichelt. Der Mann hatte längliche traurige Augen und einen bösen, spöttischen Mund. Es schien, als läge dieser Mund in Streit mit allen übrigen Gesichtszügen und spräche aus, was er ganz und gar nicht sagen dürfe, und deshalb sei das Gesicht jetzt sehr traurig über die gekräuselten Lippen. »Sie wissen doch, wie ich zu Ihnen stehe«, sagte Chariton Klimowitsch, »ich bin stets bereit ...«

Natka holte aus dem Aktenköfferchen das Heft mit den Träumen Domna Tschmeljowas und zwei kleine Schachteln.

»Was steht in dem Heft?« fragte der Alte abgehackt.

»Das ist nicht für Sie«, versetzte Natka, »meine Tasche ist bloß so voll, ich mußte es erst wegräumen.«

»Trotzdem, was steht darin?« beharrte der Alte.

»Das, worüber Sie sich stets lustig machen«, antwortete Natka traurig und schlug die Augen nieder.

»Gott!« preßte Chariton Klimowitsch hervor. »Schon wieder ein Heft über Gott! Tun Sie es weg, ich bitte Sie!«

Gehorsam steckte Natka das Heft wieder in die Aktentasche.

»Übrigens, woher wollen Sie das wissen?« fragte er. »Kann doch sein, ich lache gar nicht über IHN. Vielleicht beweine ich ihn?«

»Ach, lassen Sie das«, sagte Natka. »Sehen Sie doch bloß, wie böse Ihre Lippen sind!«
Und sie fuhr mit der Hand über seine Lippen. Der Mann wich hastig vor ihr zurück an die Stuhllehne und fragte knapp:
»Was bringen Sie mir denn nun, Natalja Andrejewna?«
Natka öffnete eine der Schachteln.
Der Mann nahm eine Lupe aus der Jackentasche.
»Schon wieder Manschettenknöpfe!« lachte er spöttisch auf.
»Warum denn nicht?«
»Und wo haben Sie diesen Schatz her?«
»Von der Arbeit in Motschischi«, antwortete Natka. »Von einem Gast geschenkt bekommen, wie immer. Er hat gesagt, sie wären etwas wert.«
»Da irrt er sich!« spottete der Alte. »Geben Sie ihm sein Geschenk zurück und tauschen Sie es gegen etwas Besseres ein. Das hier ist bloß Glas und Messing!«
»Wie können Sie nur!« Natka reichte dem Alten das zweite Schächtelchen. »Aber das hier, das sind wirklich bezaubernde Manschettenknöpfe. Sagen Sie mir erst Ihre Meinung, dann verrate ich Ihnen, wo ich sie herhabe!«
Der Alte öffnete die zweite Schachtel und fing augenblicklich an zu lachen, als habe er die Knöpfe erkannt.
»Bezaubernd ist davon nur einer – Silber mit Malachit, der andere ist wie immer eine Fälschung!«

»Und woraus besteht der zweite?« fragte Natka lebhaft.
»Ich will Sie nicht enttäuschen«, wich Chariton Klimowitsch aus.
»Wissen Sie, wer Sie mir vor zehn Jahren geschenkt hat?«
»Jemand aus Ihrem Motschischi vielleicht?«
»Nein«, lächelte Natka. »Vor haargenau zehn Jahren habe ich sie von Kirill Nikolajewitsch Kulikow bekommen.«
»Der Graf hat sie Ihnen geschenkt?« vergewisserte sich der Alte finster. »Wirklich geschenkt oder bloß für ein Weilchen zum Tragen geliehen?«
»An was könnte ich sie wohl tragen?« verstand Natka die Frage nicht. »Geschenkt hat er sie mir, richtig geschenkt, ohne Wenn und Aber ... weil er ein Graf ist oder so etwas Ähnliches! Er hat gern großzügige Geschenke gemacht!«
Während ich den Alten beobachtete, hatte mich die ganze Zeit eine vage Erinnerung gepeinigt, und jetzt, wo der Alte Onkel Kirscha den Grafen nannte, fiel mir alles wieder ein.

In jenem Winter hatten sie mich über Neujahr zu Tante Gruscha gebracht. Als ich in das Zimmer kam, saß Onkel Kirscha lässig auf dem Fensterbrett. In der einen Hand hielt er die Gitarre, hatte die Finger über das Griffbrett gelegt, während die andere eine festverkorkte Sektflasche umfaßte. In der Ecke stand ein Weihnachtsbaum, geschmückt mit spitzen gelben Lämpchen und Pappspielzeug, aber auch vier Glaskugeln hingen daran. Sie waren so geschickt über die Zweige verteilt, daß es aussah, als bestünde der ganze Baum aus blitzenden Kugeln und das Papierspielzeug und die spitzen Lämpchen seien nur eine Ergänzung.

»Ljoletschka ist da!« freute sich Tante Gruscha.

Sie saß auf dem Sofa, in einem braunen Kleid mit Brokatbesatz.

Onkel Kirscha ließ sich schwankend vom Fensterbrett gleiten, und hinter dem Weihnachtsbaum kam stolpernd und mit einknickenden Beinen Chariton Klimowitsch hervor. Auf dem Kopf trug er einen schwarzen Hut. Chariton Klimowitsch und Onkel Kirscha fielen sich in die Arme, schwankten nach verschiedenen Seiten. Onkel Kirscha schrie mir einen selbstverfaßten Vers ins Gesicht:

Der Frost, er knackt und ächzt fürwahr
Schneeflöckchen kreisen, taumeln, frieren,
Zu Ljolja kommt das alte Jahr
will ihr zu Neujahr gratulieren!

Dabei spielte Onkel Kirscha das alte und Chariton Klimowitsch das neue Jahr. Chariton Klimowitsch lächelte mir zu, und aus seinem Ärmel fielen ein Schokoladentäfelchen Marke »Aljonka« und ein kleiner himbeerroter Ball vor meine Füße. Der Ball prallte auf den Boden und hüpfte in meine Hand. Inzwischen hatte Onkel Kirscha

den Korken aus der Sektflasche gedreht. Er schoß durch die Luft und knallte an die Decke. Aus dem Flaschenhals kräuselte weißer Rauch, Tante Gruscha quietschte auf ihrem Sofa. Dann kamen Natka und Aljonka. Aljonka trug ein Tüllkleid und eine Krone aus glänzender Goldfolie. Was Natka anhatte, weiß ich nicht mehr.
Der Tannenbaum thronte mit ausgebreiteten Zweigen im Zimmer. Oben, fast an der Kronenspitze, hing eine dunkelblaue Kugel, seitlich, einen Zweig tiefer, glänzte eine rosafarbene, und genau in der Mitte, unter der rosafarbenen, schaukelte eine grüne, und ganz unten, dicht über dem Fußboden, eine gelbe.
Noch tiefer, unter der gelben Kugel, hing eine rosaweiße Girlande. Sie bestand aus lauter kleinen Porzellanbübchen, die einander an der Hand hielten. Ihr winzigen Köpfe waren weiß wie Zuckerstückchen. Ich dachte, sie wären wirklich aus Zucker und leckte sogar an einem, aber ich schmeckte nichts, nur Kühle kitzelte meine Zungenspitze. Die Buben trugen schwarze Westen mit Goldknöpfen und schwarze Höschen, die ihnen bis zum Knie reichten. Der Bube ganz außen hielt eine kurze Kette umfaßt, deren Ende eine Porzellanquaste zierte.
»Ein schönes Stück, Graf!« lachte Chariton Klimowitsch.
Wenn er mit Onkel Kirscha sprach, lachte er immer, aber der wollte es nie bemerken.
»Das ist unverkäuflich!« gab Onkel Kirscha Cha-

riton Klimowitsch zur Antwort und verschüttete ein bißchen Sekt auf den Fußboden.
»Ich will es doch gar nicht!« sagte Chariton Klimowitsch, erhob sein Glas irgendwohin zur Zimmerecke, dann in Richtung Fenster, sagte »Natalja Andrejewna!« und lachte traurig.

»Natalja Andrejewna, ich nehme Ihre Manschettenknöpfe.« Chariton Klimowitsch klappte das Kästchen zu. »Den echten und den nachgemachten!«
»Wieso kriege ich bloß immer Fälschungen geschenkt?« seufzte Natka.
»Weil sich die Geber selber nicht auskennen!«
»Nicht einmal der Graf?«
»So etwas ist keine Sache für einen Grafen«, mußte Chariton Klimowitsch lachen.
»Und die Schwalbe? Meine Schwalbe ist doch nicht etwa auch nachgemacht?« Natka legte die Hand an die Brust.
»Ihre Schwalbe, die ist so echt, wie nur etwas echt sein kann!« ließ Chariton Klimowitsch ernst vernehmen. »Gold mit Perlen, eine ganz feine Arbeit! Machen Sie das Fenster ruhig zu, sonst zieht es Ihnen noch.«
»Die ist nicht zu verkaufen!« rief Natka fröhlich.
Sie ging zum Fenster und griff mit der Hand nach dem Rahmen.
Wowka und ich preßten die Wangen an die Mauer, damit uns Natka nicht bemerkte. Wowkas konzentriertes Gesicht war direkt neben mei-

nem. Ich streckte die Zunge heraus und berührte seine Nasenspitze. Wowka griente über das ganze Gesicht.
»Es ist doch warm draußen!« ertönte Natkas Stimme über unseren Köpfen, und wir hörten, wie sie zurück in das Zimmer ging.
»Eine junge Dame«, wiederholte Chariton Klimowitsch jemandes Worte, die sich ihm eingeprägt hatten. »Ich bin zehn Jahre älter, aber Sie schlagen mir doch ein Tänzchen nicht ab? Geben einem alten Mann keinen Korb?«
»Warum sollte ich . . .«
Und dann erklang getragene, herzerweichende Musik mit erschöpften Pianoschluchzern und einer gehorsamen Trompete.
»Ein Tangó . . .« sagte Natka haargenau so, wie Onkel Kirscha immer redete.
»Tángo . . .« verbesserte sie der Alte.
Diese Musik war wie das Herzweh Tante Gruschas, wenn sie die Arzneipülverchen einnahm: Als würde eine eisige Hand das Herz umschließen, es aber nicht zusammenpressen, sondern einfach mit den Fingern streicheln.
Ich leckte Wowkas Nase und sein Kinn. Das kitzelte ihn. Er verzog das Gesicht und mußte niesen.
»Wir werden beobachtet!« begriff Chariton Klimowitsch und hastete zum Fenster.
Natka schüttelte sich vor Lachen und lief aus dem Zimmer.

Nach dem Abendbrot wollten Tante Gruscha und ich in die Eckwohnung Nummer dreißig. Onkel Kirscha lag auf dem Sofa, hatte die Arme ausgebreitet und preßte durch die Zähne:
»Wie es wieder jammert, wie es greint, das Verfluchte!« Tante Gruscha knöpfte ihm den Kragen des Schlafanzugs auf.
»Gruscha, es tut so weh, als würde mir jemand das Herz in der Faust zusammenpressen!«
»Schlaf ein bißchen, Kirill«, redete Tante Gruscha nachsichtig auf ihn ein. »Im Schlaf wird es vielleicht besser...«
Plötzlich richtete sich Onkel Kirscha auf dem Ellenbogen auf und reckte den Kopf über dem dünnen, kraftlosen Hals.
»Ich kann doch schon lange nicht mehr schlafen, Gruscha«, flüsterte er. »Ich träume solche Dinge, solche...«
Und Onkel Kirscha riß die Augen weit auf in Erinnerung an seine dunklen Träume. Diese angstgeweiteten Augen löschten sein angespanntes Gesicht völlig aus, ließen es zu einem tiefen gelben Schatten um die Lider schrumpfen.
»Ach, wie es jammert, ach, wie es greint... Wenn ihr nur wüßtet!« und er preßte die Hand gegen die Brust.
Tante Gruscha und ich klingelten an der Eckwohnung Nummer dreißig.
Wowkas Oma machte uns auf. Sie trug einen langen, rotgeblümten Kittel und Hausschuhe mit Bommeln.

»Kirill Nikolajewitsch hat Herzschmerzen«, sagte Tante Gruscha. »Sie haben wohl nicht zufällig Valokordin da?«
»Ja«, bestätigte ich. »Sein Herz weint. Haben Sie Valokordin?« »Kommen Sie herein.« Wowkas Oma war erfreut.
Sie stand in der Tür, und von irgendwo aus der Tiefe der Wohnung drang mißtönend Klaviermusik. Sie glich entfernt jener Melodie, die wir unter dem Fenster der »SuchFindearbeiten« gehört hatten. Die Töne flossen geradlinig und laut. Sie stießen Wowkas Oma in den Rücken, drängten hinaus in das Treppenhaus und prallten heftig gegen die Fensterscheiben auf dem Treppenabsatz.
»Ljolja ist da!« rief Wowkas Oma in die Tiefe der Wohnung.
Augenblicklich brach die Musik ab, und Wowka kam mir entgegengeflitzt.
Tante Gruscha ging mit Wowkas Oma in die Küche, um die Medikamentenvorräte durchzusehen, während Wowka und ich den langen Korridor entlangliefen.
»Warum ist es bei euch so dunkel?« fragte ich.
»Weil wir Licht sparen«, antwortete Wowka.
Wenn wir an einer Tür vorüberkamen, wollte ich immer hineingehen, aber Wowka sagte jedesmal »Komm weiter, noch weiter!« Und wir gingen daran vorbei.
Sein Zimmer war fast leer. An der Wand stand ein Klavier mit aufgeklapptem Deckel, am Fen-

ster ein Sessel mit einer Stehlampe darüber, dann gab es noch einen Bücherschrank und ganz in der Ecke ein Bett. Die Vorhänge waren zugezogen, die Lampe über dem Sessel brannte.
»Ich lerne Klavierspielen«, sagte Wowka.
»Was ist das schon?« lautete meine Antwort. »Ich lerne lesen!«
»Und in einem Jahr lerne ich auch noch Geige!«
»Na und?« ließ ich mich nicht aus der Fassung bringen. »Ich lerne in einem Jahr schreiben!«
»Soll ich dir meine Geige mal zeigen?« fragte Wowka.
»Wenn du willst«, stimmte ich zu.
Wowka öffnete den Geigenkasten, der einer Acht ähnelte, und ich sah das Instrument. Es glänzte über und über und erinnerte mich an Onkel Kirschas Gitarre, nur daß es viel kleiner war, wie ein Gitarrenkind oder ein Gitarrenhalbwüchsiger.
»Wie ist die Geige mit der Gitarre verwandt?« wollte ich wissen.
Wowka überlegte.
»Bestimmt das Enkelkind.«
Die Saiten waren so straff gespannt, daß ich dachte, sie wären ein bißchen dünn für eine Geige. Als ich die erste Saite berührte, sirrte sie fein, die Stimme der nächsten war tiefer, und die letzte röhrte vollends wie ein Baß.
»Schenk mir die Geige, Wowka!« wußte ich, was ich wollte.
Wowka begann zu lachen und ruckte die hellen Brauen auf und nieder.

»Ich würde sie dir ja schenken«, seufzte er schließlich, »aber Oma erlaubt es mir bestimmt nicht.«
»Du willst sie bloß nicht hergeben!« vermutete ich.
»Sag so was nicht!« rief Wowka laut und schlug sich mit der Faust an die Brust.
»Tante Gruscha sagt, wir wären arm!« grämte ich mich.
»Du mußt ihr nicht glauben!« versetzte Wowka fröhlich. »Meine Oma, die sagt auch, daß wir arm sind, aber ich glaube ihr nicht. Kein einziges Wort glaube ich und basta!«
Er rannte zum Klavier und spielte etwas mit einem Finger.
»Das haben wir heute gehört? Erkennst du es wieder?«
»So ähnlich hat es geklungen.«
Auf dem Klavier lag ein dickes grünes Buch.
»›Nimmer-klug‹ ...« las ich. »Schenk mir das Buch über ›Nimmerklug‹ ...«
»Du kannst es mitnehmen!« winkte Wowka ab.
Da kam Tante Gruscha ins Zimmer und sagte, wir würden gehen.
Zu Hause trank Onkel Kirscha ein Gläschen Valokordin und schluckte eine winzige grünliche Tablette – das alles hatten wir aus der Eckwohnung mitgebracht. Dann schloß er die Augen, legte sich auf das Kopfkissen und wurde still.
»Sieh mal, was mir Wowka geschenkt hat!« Ich zeigte Tante Gruscha »Die Abenteuer von Nimmerklug«.

»Gib es her!« sagte Tante Gruscha streng.
Ich erschrak und versteckte das Buch hinter meinem Rücken.
»Ich will es mir nur ansehen!« korrigierte sich Tante Gruscha sanft.
Ich streckte ihr das Buch hin.
Tante Gruscha nahm es und ging in den Flur. Ich lief hinter ihr her.
»Was willst du damit machen?« fragte ich drohend. »Verstehst du denn nicht, er hat es mir geschenkt!«
Tante Gruscha ging wortlos ins Treppenhaus, ebenso wortlos klingelte sie an der Eckwohnung Nummer dreißig.
»Das ist vielleicht dumm!« schimpfte ich. »Gleich wirst du sehen!«
Wowkas Oma machte die Tür auf.
»Das hat Wowka Ljolja geschenkt«, sagte Tante Gruscha und reichte Wowkas Oma das Buch.
»Danke«, lachte da Wowkas Oma, als sie es entgegennahm.
Ich heulte laut los.
Als wir zurückkamen, saß Onkel Kirscha auf dem Sofa. Sein Gesicht war nicht mehr so finster.
»Es ist besser!« sagte er erleichtert. »Die Tablette hat geholfen.«
Im gleichen Augenblick prasselte eine Handvoll Sand weich gegen unser Fenster, und kurz darauf ertönte ein leiser Pfiff. Onkel Kirscha stand vom Sofa auf und wollte zu dem Pfeifen hin, doch Tante Gruscha sagte streng:

»Bleib sitzen!« Sie zog die Vorhänge zu.
»Misch dich nicht ein!« versetzte Onkel Kirscha unwillig und ging in den Flur, um aufzumachen.

Ich lief hinter ihm her.
In der Tür stand einer der Halbwüchsigen. Es war der, der seine Jacke ausgezogen und das Hemd vor dem Bauch verknotet hatte. Jetzt steckte es allerdings in der Hose, und über den Schultern lag eine Windjacke.
»Grüß dich, Graf«, sagte er.
»Grüß dich, Valera«, antwortete Onkel Kirscha gewollt fröhlich.
Sie schwiegen beide, und an der Spannung zwischen ihnen konnte ich erkennen, daß sie sich auf ein Duell vorbereiteten. Der Jugendliche hielt einen Zigarettenstummel in der Hand. Der Stummel qualmte, gleich würde nichts mehr von ihm übrig sein als eine Kippe. Der Halbwüchsige rauchte nicht zu Ende, sondern spreizte einfach die Finger und ließ den Zigarettenrest auf unseren Flurläufer fallen. Onkel Kirscha setzte wie zufällig den Fuß darauf, drückte die Kippe aus und schob sie mit der Schuhspitze hinter die Schwelle.
»Kann ich reinkommen, Graf?« fragte der Halbwüchsige.
»Nein ...« versetzte Onkel Kirscha bestimmt.
Der Halbwüchsige lächelte, und wieder schwiegen beide.
Ich begriff, daß die erste Runde des Duells an Onkel Kirscha gegangen war.

Ich stand zwischen ihnen und überlegte, zu wem ich halten sollte.
Der Fußboden im Treppenhaus war mit gelbbraunen Fliesen ausgelegt. Die gelben und braunen Quadrate begannen an unserer Schwelle und führten zu Valeras Füßen hin. Mit schweren Stiefeln stand er darauf. Ich fing an, die Quadrate zu zählen: »Für Onkel Kirscha, für den gelockten Jungen, für Onkel Kirscha, für den gelockten Jungen . . .« Dann kamen Valeras Stiefel, und ich begriff, daß ich zu ihm halten mußte.
»Hast du keine Angst, Graf?« fragte der Halbwüchsige und lächelte.
»Doch, habe ich«, antwortete Onkel Kirscha leise und senkte den Blick.
Da wurde mir klar, daß der Halbwüchsige Onkel Kirscha absichtlich den Sieg in der ersten Runde abgetreten hatte, damit er nun die ganze Zeit verlor. Ich rannte aus der Wohnung, faßte Valeras Hand und lief zurück. Onkel Kirscha war nichts aufgefallen, Valera auch nicht – er drückte nur schlaff meine Finger.
»Los, trinken wir was auf der Treppe«, schlug er Onkel Kirscha vor. »Wir trinken was und reden.«
»Von mir aus«, war Onkel Kirscha einverstanden und ging mit ins Treppenhaus.
Valera kramte eine Flasche und zwei Gläser aus seiner Jackentasche. Gestern morgen hatte ich gesehen, wie Pascha Melone sie aus dem Mineralwasser-Automaten mitgehen ließ.

»Bist du echt ein Graf?« fragte Valera, der Halbwüchsige, und goß ein Glas halb voll.
Onkel Kirscha nahm Haltung an und nickte.
»Na, dann trink mal!« Valera reichte ihm das Glas.
»Ich hatte eben einen Herzanfall«, wollte Onkel Kirscha abwehren. »Gerade ist es ein bißchen besser geworden, vor zwei Minuten . . .«
»Trink . . .« beharrte der Halbwüchsige. »Sonst glaube ich dir kein Wort!«
Onkel Kirscha nahm das Glas und trank ein Schlückchen. Über seine Augen legte sich ein Schleier. Er trank noch einen Schluck, dann noch einen, und ich verfolgte gespannt, wie sich der Adamsapfel an seinem Greisenhals pausenlos auf und ab bewegte. Als er das Glas von den Lippen nahm, waren seine Augen trübe und willenlos. Der Halbwüchsige lachte laut und trank einen Riesenschluck gleich aus der Flasche.
»Was hast du da gestern geschwatzt?« fragte er. »Bist du wirklich in England gewesen?« Er sah Onkel Kirscha aufmerksam ins Gesicht, den Kopf ein wenig zur Seite geneigt. Mir fiel das Wolfsjunge im Zoo ein. Tante Gruscha und ich hatten es uns angeschaut.
»Trink noch was«, sagte Valera und goß das Glas wieder halb voll.
»Mein Herz . . .« erinnerte ihn Onkel Kirscha lallend.
»Trink!« schrie der Halbwüchsige und schob Onkel Kirscha das Glas ins Gesicht. Ich hörte, wie es

gegen Onkel Kirschas Zähne klirrte. »Und was hast du da in England gesehen, Graf?«

»Nicht ich«, präzisierte Onkel Kirscha und trank schwerfällig den Wodka. »Mein Großvater hat es gesehen... Er war mit meiner Großmutter in London, sie haben fast die ganze Zeit am Hof der englischen Königin verbracht. Großvater hat sich mit einer Hofdame eingelassen, und meine Großmutter war fürchterlich eifersüchtig deshalb, verstehst du?«

Der Halbwüchsige nickte.

»Also, eifersüchtig ist sie gewesen, und wie«, fuhr Onkel Kirscha fort. »Weißt du, Valera, wenn eine Frau eifersüchtig ist, dann wird sie noch schöner. Sieh dir bloß meine Gruscha an, wie sie aussieht, wenn Natka kommt! Da kann keine Natka mithalten! Meine Gruscha, die ist der reinste Engel!«

Der Halbwüchsige prustete los und trank wieder aus der Flasche.

»Großmutter war auf Großvater eifersüchtig«, erzählte Onkel Kirscha abgerissen, ohne den Spott des Jungen wahrzunehmen. »Und hat vor lauter Eifersucht gar nicht gemerkt, daß sich der Prinz von Wales in sie verliebt hatte. Ich war damals ein kleiner Junge, und als sie gestorben ist, hat sie auf dem Totenbett eingestanden, daß sie und der Prinz einen Sohn haben, und dieser Sohn war – mein Vater...«

Der Halbwüchsige hielt Onkel Kirscha wortlos die Flasche hin.

»Laß«, wehrte Onkel Kirscha ab, und diesmal gab

Valera nach, sah seinem Gegenüber nur scharfäugig und kalt ins Gesicht.

»Ich, ich kann kein bißchen Englisch«, greinte Onkel Kirscha. »Und auch das ganze Französisch habe ich vergesssen! Und aus England besucht mich nie jemand, verstehst du? Dabei habe ich das ganze Leben gewartet, habe mit Gruscha gelebt und gewartet, daß ich eine Nachricht erhalte, daß sie mich finden, daß sie herkommen, das ganze Leben habe ich gewartet, aber nicht die kleinste Nachricht ist gekommen ...«

»Hör mal, Graf«, unterbrach ihn Valera heiser.

Onkel Kirscha verbarg das Gesicht in den Händen und reagierte nicht.

»Graf!« Der Halbwüchsige stieß Onkel Kirscha vor die Brust.

Onkel Kirscha hob den wackelnden Kopf und sah ihn trübe an.

»Geh zu dir und hol mir die Gitarre, verstanden? Gib sie mir, für immer ... Und ich erzähle allen, daß ich sie vom Grafen geschenkt bekommen habe.«

»Nein«, antwortete Onkel Kirscha. »Das ist meine Gitarre!«

»Was denn«, lachte der Halbwüchsige, »gönnst deinen Leuten wohl nichts? Du bist doch unser Freund. Los, hol die Gitarre.«

»Nein.«

»Dann murksen wir dich ab. Das glaubst du wohl nicht?« Valera holte ein kleines Taschenmesser hervor. »Wir murksen dich ab, kapiert?«

»Na gut«, willigte Onkel Kirscha ein. »Ich gebe sie dir. Alles gebe ich dir.«
»Dann hol sie!« flüsterte Valera.
Onkel Kirscha erhob sich schwerfällig von den Stufen und ging schwankend zurück in die Wohnung. Ich lief hinter ihm her und wollte ihn im Flur umarmen. Aber er schob mich beiseite:
»Laß . . .«
Onkel Kirscha nahm die Gitarre von der Wand und die Angelrute aus der Ecke.
»Wohin willst du damit?« fragte Tante Gruscha.
Aber er ging wortlos hinaus auf den Treppenabsatz.
»Die Angel wollte ich doch gar nicht«, lachte Valera.
»Das ist ein gräfliches Geschenk«, gab ihm Onkel Kirscha zur Antwort. »Das Schönste auf der Welt war für mich Gitarrespielen und Angeln! Nehmt alles, was ich geliebt habe. Ihr seid jung, ihr könnt es gebrauchen!«
Der Halbwüchsige krächzte ein spöttisches Lachen hervor, hängte sich die Gitarre über, nahm die Angel und ging.
Onkel Kirscha sperrte das Schloß zu, hakte die Kette ein und schob noch einen Stuhl vor die Tür. Seine Beine trugen ihn kaum noch. Er torkelte durch den Korridor, hielt sich an der Wand fest.
»Warum hast du denen die Gitarre gegeben?« fragte Tante Gruscha.
»Sei still!« schrie Onkel Kirscha abgehackt.

»Warum hast du dich so betrunken?«

»Ich habe dir gesagt, du sollst still sein!« brüllte Onkel Kirscha.

»Kirill«, fing Tante Gruscha wieder an.

»Wart's nur ab«, fiel ihr Onkel Kirscha ins Wort. »Wart's nur ab, was ich dir noch alles sage!«

»Und was willst du mir alles sagen, Kirill?« fragte Tante Gruscha streng.

Sie saß auf dem Sofarand, in einem rosa Nachthemd mit gelben Margariten, und betrachtete Onkel Kirscha gespannt.

»Na, dann hör mir mal zu, Agraphena!« brach es aus ihm hervor. »Mein ganzes Leben habe ich für dich vergeudet! Niemals geliebt habe ich dich!«

»Das weiß ich, Kirill«, sagte Tante Gruscha leise.

»Ich bin nur deshalb bei dir geblieben, weil das für mich bequem war!« Jetzt sah er nicht mehr müde aus, sondern furchterregend, seine Augen hasteten wirr einmal zur Wand, von der er gerade erst die Gitarre genommen hatte, und dann wieder zum Fenster mit dem zugezogenen Vorhang. »Ich habe mit dir gelebt und immer gehofft, daß ich etwas Besseres finde! Weißt du, Gruscha, so haben sich die Grafen früher mit den Zimmermädchen zusammengetan ...«

»Ich weiß, Kirill!« sagte Tante Gruscha noch leiser.

»Alle Frauen, die ich hatte, waren besser als du!« schrie Onkel Kirill abgerissen weiter. »Damals warst du jung, und deshalb wollte ich es dir nicht sagen. Aber jetzt bist du alt, jetzt hör zu! Du bist schlecht, Agraphena! Nicht einfach nur schlecht, furchtbar widerlich bist du! Du ißt nicht, das hast du längst verlernt, du frißt! Und jeden Tag frißt du mehr in dich hinein!«

Tante Gruscha saß wortlos auf dem Sofa und hörte zu. Plötzlich aber ballte sie die Hände zu Fäusten, fuchtelte damit zu Onkel Kirscha hin und fing laut an zu weinen.

Onkel Kirscha verstummte und sah sie erstaunt an.

»Genug, laß uns schlafen!« schlug er ruhig vor, legte sich auf das Sofa, drehte das Gesicht zur Wand und begann zu schnarchen.

Tante Gruscha blieb sitzen in ihrem bunten Nachthemd und schluchzte weiter, begleitet von Onkel Kirills Schnarchgeräuschen.

Ich ging zu ihr, hielt dicht vor dem großen Gesicht inne.

»Warum weinst du?« fragte ich und preßte die Handflächen an ihre weichen braunen Wangen.

Tante Gruscha sah mich aufmerksam an und lächelte.

»Du bist mein Trost!« sagte sie und legte den Kopf zur Seite. Meine Hände folgten ihrer Kopfbewegung. Dann bewegte ich die Handflächen in die andere Richtung und mit ihnen Tante Gruschas Gesicht.

»Du bist mein Trost!« wiederholte sie.

»Und du meiner!« antwortete ich.

»Ich würde mein Leben für dich hergeben!« sagte Tante Gruscha.
»Und ich meins für dich!« entgegnete ich.
Nachts konnte ich lange nicht einschlafen, weil Onkel Kirscha so laut schnarchte. Tante Gruscha atmete gleichmäßig, sie war kaum zu hören. Das machte mir angst. Als ich sie gar nicht mehr wahrnahm, dachte ich, sie wäre gestorben, und fing an zu weinen.

Gegen Morgen hatte ich einen Traum: Es regnete, regnete mehrere Tage lang ununterbrochen. Der Regen fiel wie eine dichte, feuchte Mauer. Die Bäume, unter denen die Jugendlichen immer Messerwerfen spielten, standen im Wasser, und jeden Tag wurde es mehr. Es überflutete den Keller des Hauses, stieg bis zu den Fenstern im Erdgeschoß und strömte in unsere Wohnung. In der kleinen Plastik-Badewanne, in der mich Tante Gruscha immer wusch, schwamm ich zum Markt, vorbei an den »Such-Findearbeiten« und dem Zoo.
Zuerst kamen die Gemüsestände. Sie lagen alle unter Wasser. Körbe mit Obst, Pfirsich- und Mandarinenstiegen, Kisten voller angefaulter Äpfel trieben mir entgegen. Manchmal schwammen auch Stühle, Hocker und lange, leere Särge vorbei. Ich bog in die Fleischhalle ein. Vor der Überschwemmung waren Tante Gruscha und ich oft hiergewesen. Auf den Verkaufstischen lagen nasse Filetstücke, Gänse mit verdrehten Hälsen

und große Rinderherzen. Weiter hinten hingen an eisernen Haken ausgeweidete Schweine von der Decke herab, daneben waren Schweins- und Kuhköpfe dicht an dicht aufgespießt. Die schmalschlitzigen Schweineaugen schienen geschlossen, aber nicht ganz, nur so, als schämten sich die Tiere ihres eigenen Todes, hätten die Lider gesenkt und die Mäuler zu einem nicht enden wollenden, verschämten Lächeln verzogen. Die Kuhköpfe seufzten schwer und wackelten mit den Hörnern. Plötzlich sah ich, wie zwischen zwei Schweinsköpfen Tante Gruscha hervorgeschwommen kam. Für einen Augenblick öffneten die Köpfe ihre Augen und sahen Tante Gruscha an. Sie stand in einem Sarg, die Hände vor der Brust gekreuzt. Ihr Gesicht war, wie sie es erbeten hatte, dunkelrosa gepudert und der Mund mit einem feuchtglänzenden braunen Lippenstift nachgezogen, während um die Augen dunkelgrüne Lidschatten lagen. Sie trug ihr Brokatkleid, eine Halskette und Ringe an den Fingern. Die Schweineköpfe lachten über sie, dann fielen die Kuhköpfe in das Gelächter ein, und selbst die kopflosen Schweinehälften schmatzten feucht, was so etwas wie ein Lachen andeuten sollte. Aber Tante Gruscha bemerkte nichts von alledem. Sie schwamm durch den dunklen Gang der Fleischhalle. Ich ruderte in meiner Plastikbadewanne vorbei, aber auch das bemerkte Tante Gruscha nicht. Am Ende des Ganges war ein schwacher Lichtstreif zu sehen, schimmerten zarte goldene Strahlen. Genau dorthin schwamm Tante Gruscha, ohne ihre Umgebung wahrzunehmen.

Wundbrand

Am Morgen erwachte ich als erste. Tante Gruscha lag reglos auf der Seite. Ich betrachtete sie lange. Schließlich zuckten ihre Wimpern, und ich begriff, daß sie lebte. Onkel Kirscha hatte sich auf den Rücken gewälzt und die Beine angezogen, er atmete schwer.
Ich ging zum Fenster. Da war kein Regen, Erde und Asphalt sahen vollkommen trocken aus. Unter dem Fenster lag Onkel Kirschas Angel, die Rute in Stücke gebrochen, die Schnur zerrissen, die Köder breitgetreten. Auf dem Boden unter den Bäumen sah man noch die Spuren des Kreises, den die Halbwüchsigen gestern abend bei ihrem Messerspiel hinterlassen hatten. Aber jetzt ließ sich niemand blicken, keiner spielte. Deshalb bemerkte ich auch nicht, daß Natka und Aljonka auf unseren Hauseingang zukamen.
Als sie an der Tür klingelten, regte sich Tante Gruscha schwerfällig auf dem Sofa, stand auf, reckte die Hand aus dem bunten Nachtkittel und stieß Onkel Kirscha gegen die Schulter. Er zog sich schweigend an, rollte das Bettzeug und die Matratze zu einer dicken Wurst zusammen und schob sie unter das Sofa.

Natka und Aljonka klingelten wieder, lange und beharrlich.
»Ich komme, ich komme!« rief Tante Gruscha freundlich und ging in den Flur.
Aber die beiden klingelten trotzdem weiter, bis Tante Gruscha ihnen aufmachte.
Onkel Kirscha saß zusammengesunken auf dem Sofa und hielt sich den Kopf. Ich sah, daß ihm schlecht war.
»Wir haben noch geschlafen!« erwiderte er heiser Natkas wortreiche Begrüßung.
Natka verblüffte mich. Sie trug ein schwarzes Kleid mit kleinen gelben Schiffen darauf. Man konnte erkennen, daß das Kleid elastisch war, denn an Rücken, Ärmeln und Kragen sahen die Schiffe winzig und dunkel aus, während sie auf der Brust größer und heller wurden. Ihr Gesicht aber wirkte diesmal blaß und alt, ich konnte keine Spur von Puder darauf ausmachen. Sie hatte trockene, gerötete Augen wie nach heftigem Weinen, und ihre Haare fielen in unordentlichen Strähnen herab. Sie duftete nicht mehr nach Parfüm, sondern roch nach alten Hemden, die man lange gerubbelt und dann mit einem stumpfen, versengten Bügeleisen geplättet hat.
Aber Natkas seltsamer, unangenehmer Aufzug war nur das Vorspiel zu Aljonkas Aussehen. Als sie hinter Natkas Rücken hervorlugte, entfuhr mir ein Schrei. Sie hatte wieder ihr hübsches graues Kleidchen an, das mit der roten Gürtelschnalle aus Holz. Auch ihr Gesicht schien kein bißchen ver-

ändert, wirkte wie immer vergnügt und unbeschwert. Doch das rechte Auge war mit einem Pflaster überklebt. Das linke, rund und durchsichtig, sah sich schüchtern im Zimmer um.
Ich ging zu ihr und fragte leise:
»Ist dir etwa das Gleiche passiert wie dieser Domna? Bist du auch hingefallen und hast dir ein Auge an einem Strohhalm ausgestochen?«
»Ich schiele«, flüsterte Aljonka.
»Was ist das denn?« fragte ich, ebenfalls flüsternd.
»Wenn ein Auge hinschaut, wo es will, aber nicht, wie ich will...«
»Aber warum haben sie dir das Auge zugeklebt?« begriff ich nicht. »Haben sie dir Salbe draufgeschmiert?«
»Nein, sie haben das artige Auge zugeklebt und dieses hier freigelassen, damit es überall hinguckt, sich nach allen Seiten dreht und dann – klick!! – wieder normal wird.«
Onkel Kirscha hob plötzlich den Kopf und sah Aljonka zärtlich an:
»Was hast du denn, Töchterchen, tut dir dein Auge weh?«
Aljonkas Füße in den roten Schuhen trippelten zu ihm hin. Onkel Kirscha strich ihr ungeschickt über den Kopf.
»Und du, Ljolja, komm auch her!«
Doch ich versteckte mich hinter Tante Gruscha, und sie wagte Onkel Kirscha nicht einmal anzusehen.

»Ich lese euch wieder etwas vor!« sagte Natka streng.
Und ebenso wie ihr Äußeres überraschte mich ihre Stimme. Früher war sie mir so kraftvoll und lachlustig vorgekommen, daß ich mich sogar ein wenig für Natka genierte. Jetzt prasselten die Worte hart und trocken von den Lippen.
Natka nahm das Heft aus der Aktentasche und las laut:
»Da sah ich, daß die Weisheit die Torheit übertraf wie das Licht die Finsternis; daß dem Weisen seine Augen im Haupt stehen, aber die Narren in der Finsternis gehen . . .«
»Ljolka, lies mir etwas vor, ja?« flüsterte Aljonka und zeigte auf die Fibel.
Ich versteckte das Buch nicht mehr unter der Wanne, es lag jetzt offen auf dem Tisch, zusammen mit den Bibliotheksbänden. Ich blätterte in der Fibel: Zuerst tauchte Schura auf mit ihren Luftballons, dann die Kuh Sorka mit dem Milchkrug und der Buchstabe »y«, wie ein Gefangener eingesperrt in ein graues Quadrat. Dazu hieß es in der Fibel, daß in unserer Sprache kein Wort mit diesem »y« beginnt. Das »y« ärgerte mich. Ich malte den Buchstaben überall hin, in Schulhefte und auch auf die Ränder der Zeitungen, die Onkel Kirscha abonniert hatte, wollte immer Wörter finden, wo das »y« vorn stand.
Die ganze Fibel war ausgelesen und interessierte mich nicht mehr. Deshalb wies ich Aljonka ab:
»Nein, ich lese nichts.«

»Schade«, seufzte Aljonka scheu. »Ich muß in eine andere Schule wegen dem Lesen. Gestern abend haben sie angerufen und es Mama gesagt. Sie hat ganz viel geweint.«
»Und ich merkte doch«, fuhr Natka fort, »daß es einem geht wie dem anderen. Da dachte ich in meinem Herzen: Weil es mir geht wie dem Narren, warum habe ich dann nach Weisheit getrachtet? Da dachte ich in meinem Herzen, daß solches auch eitel sei. Denn man gedenkt des Weisen nicht immerdar, ebensowenig wie des Narren, und die künftigen Tage vergessen alles; und wie der Narr stirbt, also auch der Weise.«
Ich sah zuerst Natka an, dann Tante Gruscha und Onkel Kirscha. Sie hatten die gleichen angespannten Gesichter, beherrschten sich mühsam, um nicht in Tränen auszubrechen, doch wenn sie plötzlich losweinen würden, dann aus verschiedenen Gründen. Nur Aljonkas durchsichtiges Auge in dem gelangweilten Gesichtchen blickte träge nach allen Seiten.
In diesem kleinen Zimmer gab es drei Gründe für Tränen!
Ich lief zum Fenster, behielt Natka fest im Blick, als ich sagte:
»Und nun Bühne frei für Chariton Klimowitsch!« Ich trällerte los:

»Adieu, adieu, du Teure mein!
ich habe meine Liebe dir verschwiegen.

In meiner Seel' wird niemals eine andere sein
möcht' mich mit dir allein im Tango wiegen!«

»Ljolja erinnert sich noch an Chariton Klimowitsch!« Das amüsierte Tante Gruscha, sie sah Natka an.

Die verhielt sich mehr als seltsam: Sie wurde über und über rot, sprang vom Stuhl auf, machte einen Schritt in meine Richtung und wollte etwas fragen, hielt dann jedoch inne und schlug statt dessen vor, mit der Lektüre fortzufahren.

»Darum verdroß es mich zu leben, denn es gefiel mir übel, was unter der Sonne geschieht, daß alles eitel ist und Haschen nach Wind.«

Ich setzte mich neben Aljonka und fing an, ihr meinen Traum ins Ohr zu flüstern, denn er quälte mich. Aljonka hörte zu und litt wortlos, ich sah, daß sie sich langweilte, aber ich konnte nicht aufhören. Als ich fertig war, warf Aljonka genau wie Onkel Kirscha den Kopf in den Nakken und kicherte:

»Hi-hi-hi!«

Natka las nicht weiter. Sie umfing das Zimmer mit einem Blick und fragte:

»Wo ist Ihre Gitarre?«

»Bei Chariton, er soll die Saiten neu aufziehen«, antwortete Onkel Kirscha finster.

Tante Gruscha schwieg.

Natka ging zur Tür, ihre Stiefel quietschten auf dem Fußboden.

»Ach ja, fast hätte ich es vergessen!« sagte sie und

reichte Tante Gruscha eine kleine Schachtel.
»Das ist für Sie!«
»Wieder Manschettenknöpfe?« wollte ich wissen.
Natka wurde rot und sah mich verwundert an.
Unterdessen hatte Tante Gruscha die Schachtel aufgemacht. Darin lag eine Schwalbe mit einer Perle im Schnabel.
»Wie reizend, Natotschka!« rief Tante Gruscha aus und wurde ganz vergnügt.
Sogar Onkel Kirscha lächelte zufrieden.
»Schön, daß es Ihnen gefällt, schön ...« nickte Natka.
Alle drei lächelten, doch unter ihrem Lächeln lag noch immer Trauer. Sie war nur für einen Augenblick zurückgewichen, verschreckt durch den Glanz der Schwalbe ...

Tante Gruscha und ich verließen das Haus zu einem Spaziergang. Wowka Sorin-Trubetzkoi sah mich und rief:
»Liebe, liebe Ljolja!«
Er ließ die Schultern zucken und wackelte mit dem Kopf, um mich an die gestrige Musik zu erinnern.
Doch mir fiel statt dessen die Fibel ein und die Seite mit dem Buchstaben »k«. Ich schrie:
»Wowa muh! – ist eine Kuh!«
Da hockte er sich mit dem Rücken zu mir in den Sandkasten und schaufelte Sand von der Ladefläche eines Spielzeuglasters in einen kleinen Eimer mit einer Plastikente darin.

Ich setzte mich auf die Schaukel, holte Schwung und trällerte vor mich hin.
Wowka hörte mich singen, drehte sich aber nicht um. Auf seinem Kopf schimmerte ganz oben ein winziger heller Wirbel, und von diesem Wirbel flossen nach allen Seiten goldene Härchen mit rötlichen Spitzen. Ich sang lauter, aber er drehte sich noch immer nicht um. Onkel Kirscha kam vorsichtig am Haus entlang. Er hatte die Ärmel bis zu den Ellenbogen hochgerollt, flüsterte leise irgend etwas und hielt sich krampfhaft im Schatten, damit ihn Tante Gruscha nicht bemerkte. Sie saß unter dem Kletterpilz und unterhielt sich mit Wowkas Oma:
»Boralgin ist ein Schmerzmittel.«
»Und Klaphelin hilft gegen Bluthochdruck.«
»Nosch-pa – das ist für den Magen.«
»Und wenn das Herz unerträglich wehtut, kommt der Doktor und spritzt Magnesium ...«
Sie bemerkte Onkel Kirscha nicht, ebenso wie ich nicht bemerkte, daß sich Pascha Melone von hinten an mich heranschlich. Er hielt die Schaukel fest:
»Dich murkse ich ab, Ljolka«, flüsterte er und zeigte mir sein Taschenmesser mit offener Klinge.
Die beiden Frauen hörten nicht, worüber wir sprachen. Aber Wowka hatte es gehört. Er ließ den Laster und das Eimerchen mit der Ente stehen, kam zur Schaukel herüber und stellte sich vor mich.

»Oder doch nicht, Wowka abmurksen ist besser!« freute sich Melone. »Der ist schön fett. Von dem hat man viel Fleisch! Das schleppe ich dann auf den Markt und sage, es wäre Rindfleisch!«
Wowka rührte sich nicht vom Fleck. Pascha Melone funkelte uns aus dunklen Augen an und ging.
Wowka setzte sich neben mich auf die Schaukel, und wir holten zusammen Schwung. Für zwei war es eng auf dem Brett.
»Ich habe solche Angst«, gab ich zu.
»Wovor hast du denn Angst?« entgegnete Wowka. »Nimm mich zum Beispiel, ich sterbe nie!»
»Wieso?«
»Weil ich nicht rappelfest im Bett liegenbleibe, sondern Arme und Beine schwenke und mit dem Kopf wackele. Dann sehen doch alle, daß ich lebendig bin! Weißt du, was mit Tichon Nikolajewitsch passiert ist? Der dort auf der Bank sitzt, siehst du?«
Ich sah Tichon Nikolajewitsch, wußte aber nichts über ihn. Er saß da in einem Regenmantel, mit einer Flasche Bier, und betrachtete Onkel Kirschas zerbrochene Angel.
»Vergangenen Monat ist er gestorben!« flüsterte mir Wowka zu.
»Nicht möglich!« staunte ich.
»Oma hat es mir erzählt«, fuhr Wowka fort. »Und die lügt doch nicht! Sie haben ihn in einen Sarg gelegt und auf den Friedhof gefahren . . .« Wowka stieß mich ungeduldig in die Seite, damit ich ge-

nauer hinsah. Tichon Nikolajewitsch bemerkte unsere Blicke, setzte die Bierflasche ab und rutschte hin und her auf seiner Bank. »Sie fahren ihn also auf den Friedhof, fahren ihn, und ganz plötzlich richtet er sich im Sarg auf und fragt: ›Wohin geht's denn?‹ Da haben vielleicht alle gelacht!«

»Und du meinst, Tante Gruscha kann das auch?« war ich mir nicht sicher. »Ich habe solche Angst um sie.«

»Wieso denn nicht?« wunderte sich Wowka. »Wieso soll sie das nicht können? Sie wackelt mit Händen und Füßen, singt Lieder...«

»Erinnerst du dich noch an die Tante in dem roten Kleid?« unterbrach ich ihn. »Die gestern Tango getanzt hat vor dem Fenster... Also, diese Tante kommt jeden Tag zu uns und liest uns was von Gott vor. Heute hat sie uns vorgelesen, wie eine Frau gestorben ist. Das war vielleicht furchtbar!« Wowka saß mucksmäuschenstill. »Die Frau lag im Bett, ihre Verwandten standen um sie herum, aber am Kopfende, da saßen lauter Teufel, weil die Frau eine große Sünderin war, aber keiner außer der Frau konnte die Teufel sehen. Die hatten Listen in der Hand, darin standen die Sünden der Frau geschrieben, und die Teufel sagten, sie müßte in die Hölle. Aber dann kamen auf einmal zwei Engel geflogen, mit einer Waage, einem dicken Buch und einem kleinen Säckchen. Die Teufel schrien los: ›Sie gehört uns!‹ und warfen die Sündenlisten in die eine Waagschale. Die

Engel schlugen das Buch auf und suchten die guten Taten der Frau, aber es war nichts eingetragen. Die Frau schluchzte und machte sich bereit für den Höllenweg, doch ein Engel sagte: ›Ist nichts in diesem Säckchen? Ich habe es von einem alten Mann‹. Er schüttelte drei Münzen heraus und warf sie in die andere Waagschale. Sie wogen schwerer als die Sünde. Diese drei Münzen hatte die Frau einmal einem Bettler gegeben ... Die Engel sagten zu den Teufeln: ›Sie gehört uns und wird mit uns in den Himmel fliegen!‹ Sie reichten der Frau einen Kelch, sie leerte ihn und starb sogleich. Ihre Seele kam zu Gott ...«
Wowka sah mich erschüttert an. Da erzählte ich ihm meinen Traum von Tante Gruscha. Ich hatte niemanden sonst zum Reden. Wowka hörte gespannt zu, bis ich fertig war, dann fing er an zu weinen ...

Onkel Kirscha kam abends nach Hause. Als Tante Gruscha und ich die Tür aufmachten, stand er in Strümpfen im Treppenhaus und hielt sich an der Wand fest. Er roch so stark nach Wodka wie gestern. Auf allen vieren kroch er in die Wohnung.
Ich dachte, er wollte Tante Gruscha und mich zum Lachen bringen und prustete los, doch als er vor mir her kroch, sah ich, daß seine Socken blutdurchtränkt waren. Er legte sich aufs Sofa, und als Tante Gruscha versuchte, ihm die Strümpfe von den Füßen zu ziehen, stöhnte er.

»Wo bist du gewesen?« fragte Tante Gruscha.
Wir konnten nicht verstehen, was Onkel Kirscha antwortete, denn er sprach abgehackt und undeutlich. Einige Worte schrie er heraus, dann ging seine Stimme in krampfhaftes Schluchzen über.
»Ich muß dir die Socken ausziehen«, redete Tante Gruscha auf Onkel Kirscha ein, und er ließ sie schließlich gewähren.
Seine Fußsohlen waren dunkelblau, mit tiefen, schmutzverkrusteten Schnittwunden, aus denen Blut sickerte.
Tante Gruscha füllte heißes Wasser in eine Blechschüssel und versuchte, ihm die Füße zu waschen, doch sobald sie an die Sohlen kam, begann Onkel Kirscha zu schreien und zu weinen.
Da rief Tante Gruscha den Notarzt an, doch der kam erst nach einer Stunde. Inzwischen war Onkel Kirscha auf dem Sofa eingedämmert, aber er schlief unruhig, atmete röchelnd und schluchzte.
Es kamen zwei Ärzte. Der eine war alt und dick, der andere jung und lockenköpfig. Ich erschrak, weil ich dachte, es könnte Valera, der Halbwüchsige, sein, doch der alte Doktor redete den jungen mit Jegor an. Valera hatte gelbe, unbewegliche Pupillen, die Augen des jungen Arztes konnte ich in der Dunkelheit nicht erkennen.
»Nun machen Sie doch endlich Licht!« schrie der dicke Doktor in Tante Gruschas Richtung.
Schwerfällig lief sie zum Schalter. Als das Licht aufflammte, erwachte Onkel Kirscha.

»Ist Besuch da?« blinzelte er mit trunken zusammengekniffenen Augen zu den Ärzten hin. »Ich habe niemanden eingeladen.«
Der dicke Doktor berührte Onkel Kirschas Füße. Der schrie laut auf.
Jetzt konnte ich den jungen Arzt im Hellen sehen. Er hatte gelbe, unbewegliche Augen.
»Hast du einen Bruder?« wollte ich sichergehen.
»Bereite eine Spritze vor«, bat ihn der dicke Doktor.
»Ja«, sagte der junge Arzt, ohne sich an jemanden direkt zu wenden.
Tante Gruscha ging zu Onkel Kirscha und strich ihm über den Kopf.
»Wo warst du, Kirill?« fragte sie wieder.
Statt zu antworten, fing Onkel Kirscha aufs neue an zu weinen.
»Und wo ist dein Bruder jetzt?« fragte ich den jungen Arzt.
»Treibt sich irgendwo herum«, erwiderte er gereizt. »Nehmen wir ihn mit ins Krankenhaus?«
»Ja«, nickte der dicke Doktor.
Tante Gruscha brach in Tränen aus.
»Und wo wohnen Sie?« wollte ich wieder wissen.
Der junge Arzt sah mich mit seinen unbeweglichen Augen an und sagte:
»Am Zoo.«
»Und wie heißt er?«
»Wer?« verstand er meine Frage nicht.
»Dein Bruder . . .«

»Er heißt ...«

Er kam nicht mehr dazu, mir zu antworten, denn zwei Sanitäter mit einer Trage betraten das Zimmer und brachten Onkel Kirscha zum Auto.

»Gruscha!« schrie er betrunken, daß es über die ganze Straße hallte.

Hinter den Fenstern von Wowkas Wohnung ging das Licht an. Für einen Augenblick schaute seine Oma heraus, nach ihr tauchte kurz Wowkas erschrockenes Gesicht auf. Der Krankenhauswagen mit Onkel Kirscha fuhr los.

Frühmorgens kam Wowkas Oma zu uns. Sie hatte Ringe unter den Augen von einer schlaflosen Nacht. Im Nachthemd, mit Hausschuhen an den Füßen, stand sie da. Über dem Nachthemd trug sie lose einen bunten Kittel, der nicht einmal richtig zugemacht war.

»Ist etwas mit Kirill Nikolajewitsch?« fragte sie besorgt.

»Ja«, nickte Tante Gruscha. »Heute nacht haben sie ihn ins Krankenhaus gebracht.«

»Mein Wowa ...« die Stimme von Wowkas Oma zitterte. »Mein Wowa hat etwas gesehen! Gestern, als Sie schon mit Ljolja nach Hause gegangen waren, sind Wowka und ich noch ein bißchen sitzen geblieben. Zuerst hat er geschaukelt, dann springt er plötzlich vom Sitz, ruft mir zu, er käme gleich wieder und rennt hinter das Haus. Er ist lange fortgewesen, ich wollte ihn schon suchen gehen, als er auf einmal zurückkam. Er war ganz verstört, hat nur immer wieder gesagt: ›Onkel Kirscha ... Onkel Kirscha ...‹ Ich bin hinter das Haus gelaufen, aber dort war niemand. Mir will Wowka nichts sagen, vielleicht erzählt er es Ihnen!«

Doch Wowka, der ein Stockwerk tiefer im Treppenhaus stand und dort gelauscht hatte, schrie markerschütternd:

»Ich sage nichts ... ich sage nichts!«

»Ljolja auch nicht?« bat seine Oma sanft.

»Auch Ljolja nicht, gar keinem sage ich was!«

Und er rannte zurück in die Eckwohnung Nummer dreißig.

Vormittags schloß mich Tante Gruscha ein und ging allein auf die Straße. Sie kam sehr spät zurück, als es schon ganz dunkel war. »Ich habe nichts gefunden«, sagte sie.

»Wo bist du gewesen?« fragte ich.

Sie schwieg, doch ich wußte, daß sie hinter dem Haus war. Den ganzen nächsten Morgen telefonierte Tante Gruscha. Dann tranken wir Tee mit Milch in der Küche, sie briet Brotscheiben in einer Pfanne und schlug Eier darüber. Tante Gruscha redete kaum mit mir, und wenn ich sie etwas fragte, antwortete sie nicht, so daß ich meine Frage wiederholen mußte. Auf dem Fensterbrett lag ein Päckchen Zigaretten. Mit einer hellblauen, an drei Stellen unterbrochenen Linie von Ecke zu Ecke und einem Reiter auf einem Schimmel.

»Kas-bek«, las ich. »Wer ist Kasbek?«

Tante Gruscha schwieg.
»Ich frage dich, wer Kasbek ist«, wiederholte ich.
»Ein Berg...« erwiderte Tante Gruscha kurzangebunden.
»Was für ein Berg?«
»Ein hoher...«
Auf dem Fensterbrett stand der alte Aschenbecher, voller Kippen und Onkel Kirschas Spucke. Ich schaute in den Aschenbecher hinein: Unten, auf dem Boden, lagen graue Aschehäufchen und abgebrannte Streichhölzer. Das Lüftungsfensterchen war offen, die Tüllgardine bauschte sich im Wind und wäre fast mit einer Kante in die Kippen geraten. Ich schob den Aschenbecher beiseite. Er quietschte, als er über das Fensterbrett rutschte, doch Tante Gruscha sah sich nicht einmal um. Da wußte ich: Sie hatte mich nicht mehr lieb. Sie war mir wegen irgend etwas böse. Bestimmt konnte sie nicht vergessen, wie ich ihren Rubel auf die Erde geworfen hatte. Ich setzte mich auf den Hocker, auf dem sonst immer Onkel Kirscha saß, und fing an zu weinen. Tante Gruscha schaltete den Herd aus und kam zu mir. Sie umarmte mich. Ich drückte mein Gesicht in ihr braunes Kleid mit den schwarzen Borten und fragte:
»Sprichst du wegen Onkel Kirscha nicht mit mir?«
Tante Gruscha seufzte.
»Ach was!« wollte ich sie überzeugen und strei-

chelte ihr braunes Kleid. »Wir brauchen ihn gar nicht! Soll er ruhig dort liegen in seinem Krankenhaus. Geschieht ihm recht! Weil er dich gekränkt hat. Komm, wir schütten die Angelhaken aus der Büchse, seine Angel ist doch sowieso kaputt!«
Tante Gruscha brach in Tränen aus.
Im Zimmer schrillte das Telefon. Ich lief zum Apparat, hielt mir mit zwei Fingern die Nase zu und sagte »Hallo!«, doch bevor eine Antwort kam, hatte mir Tante Gruscha den Hörer aus der Hand gerissen:
»Ja, ja!« entgegnete sie jemandem. »Sagen Sie ihm, wir kommen sofort. Ich kann Sie nicht hören ... Nein, nein!«
Wir gingen auf die Straße. Wieder war unter den Bäumen keine Menschenseele. Den Kreis, den die Halbwüchsigen für ihr Messerspiel in den Boden geritzt hatten, konnte man nicht mehr erkennen. Die Schaukel stand vollkommen verlassen. Nur ein Blättchen war von einem Baum herabgefallen und lag jetzt auf dem Sitz. Es hatte gelbe Ränder. Tante Gruscha ging mit schnellen Schritten und atmete schwer. Ich kam nicht hinterher. Da nahm sie mich bei der Hand, wir liefen zur Haltestelle und setzten uns in eine Straßenbahn.
»Nächste Haltestelle: Soja-Kosmodemjanskaja-Straße«, hörten wir.
Die Straßenbahn ruckte, schepperte und fuhr los. Ich sah aus dem Fenster. Die Ziegelsteinhäuser

der Gogol-Straße waren zu Ende, jetzt begannen kleine Holzhäuschen. Sie drängten sich eng aneinander, als könnten sie sonst einstürzen. Manchmal stieß Dach an Dach, manchmal sogar Wand an Wand, und mitunter starrten die Fenster des einen Hauses in die Scheiben eines anderen. Dann hielt das zweite Haus diesem hartnäkkigen Blick nicht stand und schlug krachend die Fensterläden zu.

Einige Bänke vor uns saß Chariton Klimowitsch. Aber er wollte nicht, daß wir ihn erkannten. Er hatte eine schwarze Brille aufgesetzt und verbarg sein Gesicht hinter einem Buch. Auf dem Umschlag las ich »Liebe...«, danach kamen seine gelben Finger mit den rosa Nägeln, deshalb konnte ich das zweite Wort nicht entziffern. Chariton Klimowitsch trug ein schwarzes Jakkett, aus der Tasche lugte die Spitze eines weißen Tuchs hervor.

»Soja Kosmodemjanskaja war ein junges Mädchen, als die Faschisten sie umgebracht haben«, sagte Tante Gruscha laut zu mir. Alle, die in der Straßenbahn waren, drehten sich nach uns um und hörten interessiert zu. Nur Chariton Klimowitsch hob nicht einmal den Kopf. »Soja Kosmodemjanskaja war Partisanin...« fuhr Tante Gruscha fort.

Einige der Holzhäuschen sah man nur bis zur Mitte, die andere Hälfte versank in ausuferndem Gesträuch.

»Die Deutschen haben sie gefaßt und wollten von

ihr wissen, wo sich die Partisanen versteckt halten. Aber sie hat nichts verraten. Da mußte sie barfuß durch den Schnee laufen.«
Eines der Holzhäuschen stand ganz dicht an den Straßenbahnschienen. Ein Fenster war sperrangelweit offen. Als wir vorbeifuhren, wandten alle in der Straßenbahn den Kopf, selbst Chariton Klimowitsch, und spähten in das Zimmer. Der Fußboden glänzte sauber. An der Wand stand ein eisernes Bett mit einem Spitzenüberwurf.
»Soja Kosmodemjanskaja hat den Deutschen kein Sterbenswörtchen gesagt«, flüsterte Tante Gruscha laut in meine Richtung. »Die beschlossen, Soja hinzurichten, wollten aber zuerst ihren Namen in das Protokoll eintragen. Als sie gefragt wurde, wie sie heißt, antwortete Soja: ›Tatjana!‹ Nichts hat sie ihnen verraten, nicht einmal ihren Namen. Sie haben sie barfuß durch den Schnee zum Dorfrand geführt, dort aufgehängt und ihr ein Schild an der Brust befestigt, auf dem geschrieben stand: ›Ich bin eine Partisanin‹ ...«
Die Straßenbahn hielt gegenüber einer Grünanlage. Tante Gruscha und ich stiegen aus. Hinter Büschen und Bäumen leuchtete gelb ein Krankenhausgebäude.
»Erschrick nicht«, flüsterte mir Tante Gruscha zu, als wir die Treppe hinauf gingen. »Heute morgen haben sie aus dem Krankenhaus angerufen und gesagt, daß sie Onkel Kirscha ein Bein abschneiden mußten, weil er eine Blutvergiftung hatte.«

»Wie soll er denn dann laufen?« fragte ich.
»Auf Krücken«, antwortete Tante Gruscha.
Mir fiel ein, wie wir einmal auf dem Markt einen Bettler mit einem Akkordeon gesehen hatten. Er stand am Eingang der Fleischhalle und spielte. Er trug eine Wattejoppe, und an der Wattejoppe glänzte eine runde Medaille. Ein Bein steckte in einem Stiefel, das andere war aus Holz. Er spielte sehr schlecht, deshalb hörte ihm niemand zu. Nur Tante Gruscha warf ihm zehn Kopeken in die Mütze.
Onkel Kirscha lag in einem Eisenbett am Fenster, unter einer grünen Decke mit weißen Streifen. Das Kopfkissen war nicht bezogen, durch das Inlett spießten weiße und braune Federn. Ein Federchen hatte sich in Onkel Kirschas Haaren verfangen. Als wir das Zimmer betraten, schlief er. Die dunkelbraunen Augenlider waren verklebt, schoben sich aufgedunsen übereinander, in den Falten dazwischen klemmten schüttere Wimpern. Es hatte den Anschein, als wolle Onkel Kirscha mit geschlossenen Augen irgend etwas erkennen, doch er sah nichts, und sein Blick suchte qualvoll einen Ausgang hinter den herabgesunkenen Lidern.
Unter der Decke sah man seine kraftlose Greisengestalt: den eingefallenen Bauch und die endlos langen dünnen Beine. Als ich die Decke mit beiden Händen zusammendrückte, spürte ich auf der einen Seite ein Knie, auf der anderen nur die nachgiebige Matratze.

Onkel Kirscha schlug die Augen auf:
»Ljolja«, lächelte er schwach. Sein Blick glitt durch das Zimmer, blieb ziellos am Tapetenmuster hängen, strich über den Fensterrahmen, den Messingknauf der Lüftungsklappe, und bohrte sich plötzlich in Tante Gruscha.
»Verzeih mir, verzeih!« flüsterte Onkel Kirscha. Wenn er sprach, fielen seine Wangen zu tiefen Höhlen ein, so als würde er gierig trinken. »Verzeih mir, Gruscha, verzeih!«
Tante Gruscha nickte.
»Ich habe dich gequält«, entriß es sich Onkel Kirschas Lippen. »Ich habe dich ja so gequält ...«
»Ist schon gut«, entgegnete ich an Tante Gruschas Stelle, als ich sah, daß sie mit der Antwort zögerte. »Sag lieber, wo dein Bein hin ist!«
Und ich zeigte auf die flache Decke.
»Ich hab kein Bein mehr.« Onkel Kirscha schloß die Augen, um die Tränen daraus zu vertreiben.
Plötzlich entdeckte ich unter seinem Bett ein Püppchen in einem blauen Kleid mit weißem Kragen. Genau wie Onkel Kirscha hatte es nur ein Bein. Ich bückte mich und kroch unter das Bett.
Da betrat der Arzt das Zimmer. Ich sah seine Beine, die in schwarzen Schuhen und einer schwarzen Hose steckten. Über den Knien hing ein weißer Kittel.
»Wer hat Sie hier reingelassen?« fragte er Tante Gruscha streng.

»Doktor!« empörte sich Tante Gruscha. »Ich bin seine Frau!«
»Seine Frau?« vergewisserte er sich und lachte beleidigend.
Ich hielt den Atem an unter dem Bett.
»Man hat mich aus dem Krankenhaus angerufen und mir mitgeteilt, daß er vorgestern operiert worden ist...«
»Kommen Sie, ich erkläre Ihnen alles... Aber trotzdem, wie sind Sie bloß hier hereingekommen, das verstehe ich nicht...«
Die schwarzen Schuhe des Doktors wandten sich zur Tür, hinter ihm her trippelten Tante Gruschas »Leb wohl, Jugend!«-Stiefel. Ich schaute das Püppchen an. Es hatte runde blaue Augen und Wimpern wie schwarze Bürsten. Über mir wälzte sich Onkel Kirscha schwerfällig in seinem Bett, die Sprungfedern ächzten und bogen sich durch. Ich sprach nicht mit Onkel Kirscha, wollte warten, bis Tante Gruscha zurückkam.
»Wo ist denn dein Bein?« fragte ich das Püppchen flüsternd.
Die Puppe sah mich durchdringend an.
Bald ging die Tür auf, und wieder kamen die schwarzen Schuhe mit den schwarzen Hosen in das Krankenzimmer. Aber Tante Gruscha war nicht dabei. Die Sprungfedern am Kopfende des Bettes quietschten: Onkel Kirscha wandte dem Arzt den Kopf zu, und ein lauter Schrei entfuhr ihm.
Ich lugte unter dem Bett hervor: Im Zimmer

stand Chariton Klimowitsch. Er trug immer noch die schwarze Brille aus der Straßenbahn, verdeckte wie vorhin den unteren Teil seines Gesichts mit einem Buch. Diesmal konnte ich den Titel auf dem roten Einband lesen: »Die Liebe und der Tod«.

»Ich bin's doch!« rief Chariton Klimowitsch hallend, warf das Buch auf den Fußboden und nahm mit einem Ruck die Brille ab. »Chariton!« freute sich Onkel Kirscha und brach in Gelächter aus.

»Graf!« erwiderte Chariton Klimowitsch, ebenfalls lachend.

»Du hast mich vielleicht erschreckt!«

»Und du mich erst! Was machen deine Beine?«

Onkel Kirschas Lachen brach mit einem winselnden Schluchzer ab. Er verstummte.

»Was machen deine Beine?« fragte Chariton Klimowitsch vorsichtig noch einmal.

»Weißt du denn nichts, Chariton?« flüsterte Onkel Kirscha dumpf.

»Nein, gar nichts, Kirill«, antwortete Chariton Klimowitsch erschrocken.

»Sie haben mir ein Bein abgenommen, weil ... weil ...«

»Ach, lassen wir das, lassen wir das«, murmelte Chariton Klimowitsch.

»Ich hatte schon Wundbrand, eine Blutvergiftung und noch etwas! Kurzum, sie haben mir schnell eine Narkose gegeben, und dann ...«

»Weißt du was, Graf?« Chariton Klimowitsch schlug mit einer weit ausholenden Bewegung auf die hohle Bettdecke. »Dabei siehst du aus wie vor vierzig Jahren ...« und ließ ein gezwungenes Lachen hören.

Onkel Kirscha preßte ein Geräusch hervor, das wie Gelächter klingen sollte. Es geriet armselig und einsam wie das Gluckern im leeren Wasserhahn, wenn das warme Wasser für den ganzen Sommer abgestellt wird.

»Vielleicht sehen wir uns heute zum letzten Mal«, begann Onkel Kirscha nachdenklich. »Sie lassen ja niemanden zu mir. Gruscha ist mit Ljolja hergekommen, aber sie haben die beiden rausgeworfen ...«

Ich wollte unter dem Bett hervorrufen, daß ich hier sei, doch ich hielt mich rechtzeitig zurück, denn Chariton Klimowitsch sagte:

»Vielleicht hast du recht mit dem letzten Mal, Kirill. Ich habe etwas mit dir zu besprechen.«

Jetzt krachten die Sprungfedern über mir. Onkel Kirscha streckte sich gespannt im Bett und erwiderte heiser:

»Ich höre ...«

»Erkennst du sie?« fragte Chariton Klimowitsch und legte ein Kästchen in Onkel Kirschas Hand. Darin waren die Malachit-Manschettenknöpfe mit dem silbernen Einfaß.

Onkel Kirscha hob die Schachtel dicht vor seine Augen.

»Wie sind die zu dir geraten?«

»Vor genau zehn Jahren hast du sie jemandem geschenkt. Erinnerst du dich?«

»Nein«, Onkel Kirscha schüttelte den Kopf. »Die hätte ich niemandem schenken können. Diese Manschettenknöpfe hat mein Vater getragen ...«
»Denk gut nach!« beharrte Chariton Klimowitsch. »Genau vor zehn Jahren!«
»Entweder war ich betrunken, Chariton, oder jemand hat sie mir gestohlen ...«
»Aber vor zwanzig Jahren wolltest du sie verkaufen, weißt du noch?«
»Ach so ja, da war wohl mal etwas ...«
»Du hast sie mir damals noch in die Werkstatt gebracht und mich gebeten, einen Käufer dafür zu finden ...«
»Ja, ich erinnere mich«, nickte Onkel Kirscha.
»Ich habe sie genau drei Tage bei mir behalten und dir dann gesagt, der Käufer wäre überraschend abgesprungen ...«
»Ja, richtig«, griff Onkel Kirscha die Worte auf. »Das hat uns damals ganz schön gewurmt, und du hast mir hundert Rubel gepumpt ... Du warst ein guter Freund, Chariton!«
»Ich bin schuldig vor dir, Kirill«, unterbrach ihn Chariton Klimowitsch. »Du, Kirill, verstehst nicht viel von solchen Sachen, und deshalb kannst du kaum unterscheiden, was eine billige Massenproduktion aus der Fabrik ist und was eine alte Arbeit. Dabei dreht sich hier alles um die Handfertigkeit. Als du mir die Manschettenknöpfe gebracht hast, habe ich dir natürlich nicht abgenommen, daß sie dein Vater getragen hat. Ich habe gleich gesehen, das ist die Arbeit eines

guten Meisters, ich konnte nur nicht feststellen, von wem genau. Ich war ganz in ihrem Bann, Kirill, einen Käufer habe ich gar nicht erst gesucht...«

»Ach, du Halunke!« lachte Onkel Kirscha.

»Erlaube mal«, winkte Chariton Klimowitsch ab. »Das war doch vor zwanzig Jahren! Ich kam einfach nicht los von diesen Manschettenknöpfen und beschloß, sie zu behalten. Für dich fertigte ich ein Duplikat, wobei ich mich nicht einmal besonders anstrengte mit der Ähnlichkeit. Ich wußte, du würdest es sowieso nicht merken. Hauptsache, Silber mit Malachit.«

»Da habe ich also die ganze Zeit die Nachgemachten getragen?« staunte Onkel Kirscha. »Du bist mir ein richtiger Meister, Chariton, ich habe nichts gemerkt...«

»Nachgemacht war nur einer«, fiel ihm Chariton Klimowitsch ins Wort. »Ich wollte mich unbedingt über dich lustig machen, deshalb habe ich dir einen echten zurückgegeben und einen nachgemachten. Sie waren so ähnlich und so unähnlich wie ein echtes Bein und eine Prothese...«

»Aber warum das alles, Chariton?« lachte Onkel Kirscha.

Besser, er hätte nicht gelacht, denn sein Lachen war leise und schauerlich. Ich dachte, der Besucher würde es nicht ertragen können. Chariton Klimowitsch schwieg wirklich für einen Moment.

»Sag schon, warum, Chariton?« fragte Onkel

Kirscha noch einmal, nun bereits mit ruhiger Stimme.

»Ich sage es dir, nur denk erst einmal darüber nach, wem du die Manschettenknöpfe geschenkt hast.«

Onkel Kirscha überlegte lange, doch dann sagte er:

»Nein, es fällt mir wirklich nicht ein!«

»Du hast sie Natka geschenkt!« sagte ich triumphierend und kam mitsamt der Puppe unter dem Bett hervor.

Chariton Klimowitsch sah mich verwundert an.

»Ljolja«, lachte Onkel Kirscha gutmütig. »Ich habe gar nicht gemerkt, wie du dich versteckt hast.«

»Natka hat ihm die Manschettenknöpfe gebracht«, erzählte ich. »In einem roten Kleid mit schwarzem Gürtel. Sie wollten gerade Tango miteinander tanzen, aber dann hat es sich Natka anders überlegt und ist fortgerannt.«

»Du warst das also, die spioniert hat!« schrie Chariton Klimowitsch und machte schreckliche Augen.

»Ja, ich«, gab ich zu.

Ich hatte keine Angst vor Chariton Klimowitsch, weil ich wußte, Onkel Kirscha würde mich verteidigen.

»Hör mal, Chariton ...« Wieder mußte Onkel Kirscha lachen. »Kommt Natka etwa immer noch zu dir?«

»Ja, immer noch«, nickte Chariton Klimowitsch. Und plötzlich verzerrte Wut sein Gesicht. »Und weißt du, weshalb?«
»Weshalb denn?«
»Weil mir haargenau vor zwanzig Jahren Agraphena Fedossejewna einen Korb gegeben hat!«
»Gruscha? Meine Gruscha?« rief Onkel Kirscha aus.
»Ja, sie!«
»Was für eine lächerliche Unterhaltung!« sagte Onkel Kirscha. »Ich weiß schon lange, daß sich alle über mich lustig machen, sogar Ljolka. Also lache ich selber am meisten!«
»Ich lache doch gar nicht, ich lache doch gar nicht!« protestierte ich.
Aber Onkel Kirscha hörte mich nicht.
»Weißt du noch«, wandte er sich an Chariton Klimowitsch, »weißt du noch, wie wir zusammen geangelt haben?«
»Das war eine Zeit!« rief Chariton Klimowitsch aus und sein Gesicht begann durch und durch zu leuchten. »Herrgottsfrühe, ringsum Wald, und wir beide sitzen in einem Boot und warten, ob einer anbeißt oder nicht. Was wir da für Fische gefangen haben, wir beide! Solche Brassen!« Er riß die Arme weit auseinander, um zu zeigen, wie riesig die Brassen gewesen waren.
»Und die Karpfen erst!« fiel Onkel Kirscha ein und öffnete die Arme noch weiter.
»Und die Hechte!« schrie Chariton Klimowitsch. »Erinnerst du dich an die? Und an die Karau-

schen, Kirill? Die waren klein, aber wundervoll! Und die Barsche! Du hast so gern Barschsuppe gegessen!«
»So schöne Angeln hatte ich …« schrie Onkel Kirscha.
»Und was für Köder!« bestätigte Chariton Klimowitsch und lächelte über das ganze Gesicht.
»… Und jetzt liegen sie alle, alle unter meinem Fenster in der Gogol-Straße, zertreten, kaputtgebrochen, die Angelschnur zerschnitten!«
Beide verstummten.
»Und warum, Kirill?« fragte Chariton Klimowitsch leise.
»Weil sich wieder jemand über mich lustig gemacht hat, Chariton!« erwiderte Onkel Kirscha. »Zum letzten Mal in meinem Leben, glaube ich!«
»Wieso denn, Kirill?« flüsterte Chariton Klimowitsch. »Wieso denn?«
»Geh, Chariton«, bat Onkel Kirscha.
Chariton Klimowitsch rührte sich nicht vom Fleck.
»Vergibst du mir?«
Onkel Kirscha schwieg.
»Vergibst du mir oder nicht? Sag es!« Chariton Klimowitsch beugte sich über Onkel Kirschas Bett.
»Ich vergebe dir, aber geh jetzt!«
Und Onkel Kirscha wandte sich ab.
Der Besucher schob sich wieder die schwarze Brille vor die Augen, nahm das Buch »Die Liebe

und der Tod« vom Fußboden und verließ auf Zehenspitzen das Zimmer.
Ich setzte mich auf Onkel Kirschas Bett.
»Willst du die Puppe, Onkel Kirscha?« fragte ich.
Doch er schwieg. Er betrachtete die Wand und lächelte über irgend etwas. »Bestimmt denkt er daran, wie sie geangelt haben!« ging es mir durch den Kopf. Ich ließ mich von Onkel Kirschas Bett heruntergleiten und lief aus dem Zimmer. Ich rannte den Korridor entlang, auf die gegenüberliegenden Fenster zu, die weit offenstanden und in die Grünanlage hinausgingen. In jedem Fenster war ein Baum zu sehen, reckten sich lange Straßenbahnschienen.
Auf der Treppe sprach Tante Gruscha mit dem Arzt. Er sagte etwas zu ihr und trommelte dabei mit den Fingern auf das Fensterbrett. Der Arzt sah dünn aus, aber seine Finger waren rundlich, mit kurzen schwarzen Härchen. Tante Gruscha nickte. Als ich bei ihr war, sagte sie: »Danke, Doktor!« Der Doktor machte eine knappe Kopfbewegung und reichte ihr die Hand. Ich hielt ihm auch meine Finger entgegen, und er drückte sie ebenfalls.
»Es wird schon werden!« rief er uns nach, als wir die Treppe hinuntergingen.
Wir drehten uns um und sagten noch einmal: »Danke, Doktor!«
Auf dem Rückweg war es kalt, und Tante Gruscha bemerkte, man dürfe die Fenster jetzt nicht

mehr aufmachen. »Schade«, dachte ich, »dann können wir Chariton Klimowitsch nicht mehr beobachten!«
Abends, als wir »Die blaue Blume« lasen, rief jemand aus dem Krankenhaus an und sagte, daß Onkel Kirscha gestorben sei.

Onkel Kirschas schwere Lider waren schmutzigweiß, genau wie sein ganzes Gesicht. Tante Gruscha zog ihm das neue chinesische Hemd an, das wir gerade aus der Verpackung genommen hatten. Als sie die Knöpfe auf Onkel Kirschas Brust schloß, staunte ich, wie schmächtig sein Brustkorb war unter der fahlen, kartongrauen Haut, die die Rippen überspannte. In die Hemdsärmel schob Tante Gruscha die Malachitknöpfe, und die Nähe zu ihnen ließ die Manschetten grün und silbern aufscheinen.
»Papa! Das ist mein Papa!« schrie Aljonka, als sie Onkel Kirscha im Sarg erblickte.
Ihr linkes Auge weinte unter dem Heftpflaster, aus dem rechten kullerten die Tränen unverdeckt. Natka blieb in der Tür stehen, brachte es nicht über sich, das Zimmer zu betreten. Sie trug ein schwarzes, hochgeschlossenes Kostüm. Unter ihren Augen lagen dunkle Schatten, die Lippen wirkten grau.
»Das soll dein Papa sein?« fragte ich Aljonka.
Aljonka nickte.
»So ein alter . . .«
»Papa ist Papa!« schrie mich Aljonka an und ver-

besserte sich sofort: »... Papa gewesen! Jetzt habe ich gar keinen mehr!«

Onkel Kirscha war mit einer Sargdecke zugedeckt, und es sah aus, als würden darunter zwei ebenmäßige, gesunde Beine liegen.

»Onkel! Mein Onkel! Wie kannst du nur?« wimmerte Mama, über den Sarg gebeugt, und schüttelte den Kopf.

Sie hatte schwarze Lackschuhe an und graue Strumpfhosen mit elastischen grauen Noppen. Sie ließ die Haare auf Onkel Kirschas Decke fallen und schlug die Hände vor das Gesicht. Durch den Spalt zwischen Mittel- und Zeigefinger sah man ein tränennasses Auge mit gebogenen Wimpern.

Am Fenster standen Tante Gruscha und Wowkas Oma Sorina-Trubetzkaja in einem schwarzen Barett mit Schleier. Das Barett war ihr auf beide Wangen gerutscht. Wowkas Oma hatte ihren Arm um Tante Gruschas Schulter gelegt.

»Sie haben ihn ermordet, ermordet haben sie ihn...« flüsterte Tante Gruscha. »Ihr Enkel hat mir alles erzählt. Aus den Büschen heraus konnte er alles sehen... Diese da...« sie zeigte mit der Hand unter die Bäume vor dem Fenster. Dort war keine Menschenseele. »Sie haben Kirill hinter das Haus geschleift und ihm Wodka eingeflößt. Als er betrunken war, haben sie ihm die Schuhe ausgezogen, und er mußte auf Glasscherben tanzen. Dann ist es ihnen langweilig geworden, und sie haben ihn liegenlassen, ganz allein,

im Gebüsch, auf dem kalten Boden mit den zerschlagenen Flaschen, und er ist hinter ihnen her gekrochen und hat sie angefleht, sie sollten ihm die Gitarre zurückgeben.
»Wo ist Wowa?« fragte ich seine Oma laut und zupfte sie am Ärmel. »Warum ist er nicht mitgekommen?«
»Wowa, der...« seine Oma schluckte schwer und verstummte. »Wowa liegt im Krankenhaus. Er hat die ganze Zeit geweint, konnte nicht schlafen, und der Arzt wollte, daß er ins Krankenhaus kommt...« sagte Tante Gruscha plötzlich.
»Was, was haben Sie da gesagt?« fragte Natka aufgeregt und kam quer durch das Zimmer.
»Ich habe gesagt... gesagt...« Aber Tante Gruscha konnte es nicht wiederholen.
Da nahm Wowkas Oma Natka bei der Hand, ging mit ihr in eine Zimmerecke und flüsterte ihr etwas ins Ohr.
»Ach, so ist das!« schnitt ihr Natka barsch das Wort ab, und Wut verzog ihr Gesicht.
»Was wird hier geflüstert?« Die Beine meiner Mutter in ihren schwarzen Schuhen und den grau genoppten Strumpfhosen traten näher.
Wowkas Oma lächelte gezwungen.
»Was wird hier geflüstert?« wiederholte meine Mama.
Alle schwiegen.
Dann kamen viele Leute, die ich nicht kannte. Die Männer, hauptsächlich sehr alte, nannten

Onkel Kirscha beim Vornamen und rückten die Tische zusammen für die Totenfeier. Manchmal sagten sie aber auch »der Graf« und konnten dann nur mühsam ihren Spott verbergen. Tante Gruscha beobachtete sie schweigend. Sie zuckte jedesmal zusammen, wenn die Männer losprusten wollten.

Ich wartete auf Chariton Klimowitsch, doch er kam nicht. Nur diese hochgewachsenen Greise in den dunklen Anzügen polterten mit den Tischen, breiteten Tischdecken darüber und liefen durch das Zimmer, ohne Onkel Kirscha in seinem Sarg zu beachten.

»Ihr habt ihn ja bloß alle beneidet!« schrie Natka laut heraus.

Ihre Stimme hing hallend über den Tischen.

Tante Gruscha nickte mechanisch mit dem Kopf. Die alten Männer erstarrten reglos, nur einer von ihnen wagte den Kopf zu heben. Er hatte ein runzliges Gesicht und fahle blaue Augen.

»Und worauf, wenn man fragen darf, sollen wir neidisch gewesen sein, Natalja Andrejewna?« erkundigte er sich leise und langsam.

»Sie wissen ganz genau, worauf!« stieß Natka heftig hervor.

»Darauf, daß er Französisch konnte, darauf, daß seine Kindheit schön war, mit einem kerzengeschmückten Tannenbaum und üppigen Geschenken, darauf, daß er ein Gymnasium besucht hat, darauf, daß er nicht euresgleichen war – ein Graf eben!«

Da hoben auch die anderen alten Männer die trockenen, schwerelosen Köpfe und brachen in Gelächter aus. Ihr Lachen raschelte wie Lametta an einem Weihnachtsbaum.
»Sie glauben doch wohl selber nicht an seinen Adel«, lächelte der Greis mit den wäßrigen Augen.
»Genug!« bat Tante Gruscha. »Worüber redet ihr denn bloß? Jetzt ist er tot, und niemanden interessiert mehr, ob er ein Graf war oder nicht.«
Da beugten die alten Männer ihre schwerelosen Köpfe wieder über die Tische und verteilten schweigend die Kristallgläser. Man sah nur noch schwarze, huschende Ellenbogen.

Wir verließen das Haus, um Onkel Kirscha auf den Friedhof zu bringen.
Vor dem Eingang stand ein Bus. Auf dem Trittbrett hockte Valera, der Halbwüchsige, in Onkel Kirschas Winterschuhen. Als Natka an ihm vorbeiging, flüsterte sie ihm leidenschaftlich ins Gesicht »Verflucht sollst du sein!«, worauf er ihr schweigend ein Messer zeigte. Doch Natka lachte nur und sagte noch einmal »Sei verflucht! Verflucht!« Da antwortete ihr Valera »Das da war ich nicht!« und wies mit einem Rucken des Kopfes auf den Sarg. »Und warum hast du dann seine Schuhe an?« ließ Natka nicht locker. »Ich war es nicht!« wiederholte Valera heiser. »Die Schuhe, die sind aus dem Kaufhaus. Ich habe sie von meinem Bruder!« Natka wollte etwas erwidern, kam

aber nicht mehr dazu, denn der Alte mit den fahlen Augen drängte aus dem Hauseingang und schob sie weiter.
Als wir auf dem Friedhof ankamen, sah sich Tante Gruscha vor dem offenen Grab um und sagte zufrieden:
»Der Platz reicht für alle!«
Für einen Augenblick schien mir, als würde vor dem Gebüsch das bleiche Gesicht Chariton Klimowitschs mit der schwarzen Brille huschen. Er fror. Der Kragen seiner Jacke war hochgeschlagen, ein Schal wand sich um seinen Hals. Aus der Tasche lugte die weiße Spitze eines Tuchs.
Der Alte mit den wäßrigen Augen hielt eine Rede am offenen Grab.
»Und sollte jemand schuldig sein vor dir, Kirill Nikolajewitsch, so vergib ihm ...«
Chariton Klimowitsch verdrückte sich ängstlich in die Büsche.
Und Tante Gruscha begann laut und hemmungslos zu schluchzen. »Wenn es aber dort, nach dem Tode, ein Leben gibt ...«
Jetzt brach auch Natka in Tränen aus.
»... dann sei glücklich in diesem Leben, Kirill Nikolajewitsch! Du seltsamer Freund und fröhlicher Kamerad!«
Danach wurde der Sarg hinabgelassen, und der Alte, der die Rede gehalten hatte, warf kraftlos einen Brocken Erde darauf. Nach ihm reckten sich andere Hände mit Erdkrumen über die Grube, sogar Aljonkas kleine Faust und Chari-

ton Klimowitschs Finger mit den rosigen Nägeln.
Danach verließen wir den Friedhof, setzten uns in den Bus. Ich sah mich um: ein kleiner Hügel hinter einem schmiedeeisernen Gitter, über dem Hügel eine Fichte und viel, viel Platz.
Während der Totenfeier nahm ich Aljonka bei der Hand, wir setzten uns auf das Sofa, schaukelten in verschiedene Richtungen und schauten aus dem Fenster.
Am Tisch gegenüber saßen Wowkas Oma und meine Mama. Tante Gruscha und Natka hatten sich umarmt und weinten.
Meine Mama schlug ein Bein über das andere und fragte, den Blick auf das graue Noppenmuster ihrer Strumpfhose gerichtet:
»Ist das wahr mit Kirill Nikolajewitsch?«
»Was soll wahr sein?« reagierte Wowkas Oma unwillig.
Mama schwieg ein Weilchen, ehe sie erklärte:
»Stimmt es, daß er ein Graf war?«
»Wer weiß!« versetzte Wowkas Oma erleichtert. »Französisch hat er mehr schlecht als recht gesprochen, aber wenn man sich lange nicht mit einer Sprache beschäftigt, vergißt man sie auch. Das ist wie mit dem Ballett. Die Geschichten, die er über sich erzählt hat, klangen so unglaublich, daß ich felsenfest überzeugt war, er könne sie nur zusammenphantasiert haben. Und sein Fotoalbum bestand zur Hälfte aus abfotografierten Postkarten. Aber dann hat er wieder in seine Lü-

genmärchen irgendein Detail eingeflochten, und sofort war klar – er mußte wirklich vornehmer Abkunft sein. Diese Einzelheiten ... ich kann sie Ihnen nicht widergeben, man spürte sie in seiner Intonation, seinen Gebärden, und, wenn er nicht gerade Grimassen zog wie die Schauspieler auf seinen Ansichtskarten, in einem überraschenden Gesichtsausdruck ... Aber warum fragen Sie mich danach? Ich habe ja selber schon das meiste vergessen ... Weiß nur noch Bruchstücke aus der frühen Kindheit!«

Abends, als die Totenfeier vorbei war, beschloß Mama, mich mitzunehmen. Sie packte meine Sachen in die Einkaufstasche aus Wachstuch, mit den blauen Rauten an der Seite, und wir verließen das Haus. Ich drehte mich nach dem Fenster um. Dort stand Tante Gruscha und winkte mir mit der Hand. Ich winkte zurück. Meine Mama sagte, wir hätten es eilig, und zog mich am Ärmel. Ihre schwarzen Schuhe waren schlammüberspritzt, vor Kälte hob sie bald den einen, bald den anderen Fuß, als wolle sie tanzen. Ich sah, daß Tante Gruscha etwas sagte, aber ich konnte die Worte nicht verstehen. Ich zeigte auf meine Ohren, daß ich nichts hörte. Sie sagte es noch einmal. An der Bewegung ihrer Lippen erriet ich: »Du mein Trost! Du mein Trost!« Mama legte die Hand an die Wange und schrie »Hallohallo!«, was bedeuten sollte, wir würden Tante Gruscha anrufen. Tante Gruscha nickte. Sie blieb allein zurück in der leeren Wohnung mit den zu-

sammengeschobenen Tischen, auf denen noch die Kristallgläser standen. Darin schwappten Reste von Wodka, jenem Wodka, der nicht ganz unschuldig war an Onkel Kirschas Tod.
Wir bogen um die Ecke, und ich sah mich ein letztes Mal nach Tante Gruschas Fenster um. Sie schaute uns noch immer nach und zeigte etwas. Ich sah dorthin, wohin ihre Hand wies: Arbeiter in blauen Hosen hantierten mit breiten Trageriemen, montierten bei den »SuchFindearbeiten« zwei Buchstaben ab.

Dunkler November

Nun lebte ich schon einen Monat mit Mama auf dem Roten Prospekt neben dem Opernhaus.
»Du kommst bald in die Schule«, sagte meine Mama.
»Wann?« freute ich mich.
»In zwei Jahren.«
»In zwei?« vergewisserte ich mich und streckte zwei Finger vor.
Mama nickte, drückte meine Finger und sagte: »Es wird Zeit, daß du Englisch lernst.«
Bei uns spielte Musik, aber andere als bei Chariton Klimowitsch. Viel fröhlicher.
Mamas Beine in braunen Schuhchen mit goldenen Spangen links und rechts hüpften im Takt, wippten kreuzweise übereinander. Dabei begegneten sie sich und gaben einander jedesmal einen

metallisch klimpernden Kuß. Tapp, schmatz, klingeling! Die braunen Schuhchen trippelten zur Tür, und ich hinterdrein.

Wir verließen die Wohnung, traten ins Treppenhaus. Die Musik verstummte. Aus dem Treppenhaus gingen wir auf die Straße, liefen tänzelnd über den Hof und blieben vor dem Nachbarhaus stehen. In dem freien Raum zwischen den beiden Häusern sah man die Säulen des Operntheaters und die Haltestelle des O-Busses. Als wir klingelten, öffnete uns eine Frau mit viereckigem Gesicht. Sie trug viereckige Hosen, die an Hosenträgern hingen.

Meine Mama sagte etwas zu der Frau und legte mir die Hand auf die Schulter. Die Frau mit dem quadratischen Gesicht nickte und antwortete etwas. Ich horchte angestrengt auf die Unterhaltung, verstand aber kein Wort. Mamas Beine hüpften und stampften im Rhythmus des Gesprächs. Ich hörte genau hin: Sie sprachen, ohne daß sie dabei Wörter aus ihrem Mund entließen. Die Wörter blieben ihnen im Halse stecken, rumorten und gluckerten dort.

»Kommen Sie doch herein!« sagte die Frau mit dem viereckigen Gesicht unvermittelt und gluckste nicht mehr.

Sie gab den Weg frei in die Tiefe des Korridors und ließ die Hosenträger schnalzen.

Die braunen Schuhchen hüpften über die Schwelle. Ich folgte ihnen.

Die Frau mit dem viereckigen Gesicht setzte uns

an einen Tisch und stellte Goldrand-Tassen darauf.
»Tee mit Milch und ohne Zucker«, sagte sie. »Das trinkt man nur in England. Und Zitronengebäck!« Sie schüttete aus einer grünen Packung kleine gelbe Quadrate in eine Glasschale.
Solches Gebäck hatte Tante Gruscha nie gekauft. Es war das allerbilligste im Laden und schmeckte scheußlich.
Meine Mama ließ es in ihrem Hals zufrieden gluckern. Ich überlegte, dann gluckerte ich ihr nach.
Die Frau mit dem viereckigen Gesicht lauschte aufmerksam.
»Kannst du das noch einmal machen?« sagte sie.
Ich tat es.
»Sie hat Talent«, wandte sich die Frau mit dem viereckigen Gesicht an meine Mama und sandte ihr ein quadratisches Lächeln.
Die braunen Schuhchen hüpften geschickt übereinander hinweg und tauschten dabei einen Schnallenkuß. Über den Schuhen hingen weite, nach unten ausgestellte Hosenbeine mit einer scharfen Bügelfalte.
»Kannst du schon lesen?« fragte mich die Frau.
»Ja«, gluckerte ich.
Sie freute sich sehr und bot mir an:
»Nimm dir doch von dem Gebäck ...«
»Nein«, schlug ich ihr ab.
»Warum nicht?«

»So etwas esse ich nicht.«
»Ach so ist das!« runzelte die Frau die Brauen. »Dann wollen wir doch gleich mal sehen, wie gut du lesen kannst!«
Sie schlug vor mir ein großes Blatt mit roten Buchstaben auf.
»A, b, c, d . . .« las ich.
»Sehr schlecht«, unterbrach sie mich.
Die braunen Schuhchen ruckten unzufrieden.
»Das heißt äi, bi, si, di . . .«
Ich verbesserte mich.
»Bis zum nächsten Mal lernst du alle Buchstaben auswendig!« befahl die Frau mit dem viereckigen Gesicht.
Die braunen Schuhchen hüpften zur Tür. Auf dem Tisch neben der nicht angerührten Teetasse blieben drei grüne Rubelscheine zurück.
Am nächsten Tag brachte mir die Lehrerin die Worte »Fenster«, »Stuhl« und »Tasse« bei. Sie war sehr erfreut, als wir drei Rubel hinter die Gitarre auf dem Fensterbrett legten.
Einen Tag später erklärte sie mir, wie man nach dem Wetter fragte und als Antwort sagen mußte, das Wetter sei unausstehlich. Als wir gingen, war sie zufrieden: Auf dem Regal neben dem Telefon lagen wieder drei Rubel.
Dann war Sonntag, und die Frau mit dem viereckigen Gesicht rief an und sagte, heute habe sie frei. Da fragte mich Mama auf Englisch, ob ich etwas essen wolle. Ich erwiderte: »Ich möchte Tee mit Milch und ein Käsebrot.« Danach wollte

sie wissen, wie das Wetter wäre, und ich antwortete, es könne nicht schlimmer sein.
Meine Mama hatte grünschwarz-karierte Hausschuhe an. Im Zimmer spielte Musik, und ihre Füße tänzelten in einem fort beim Frühstück. Der Tisch wackelte. Der Tee in den Tassen geriet in Bewegung und konnte jeden Moment über den Rand schwappen, hielt sich aber mit einiger Kraftanstrengung zurück und blieb, wo er war. Es klingelte an der Tür. Wir dachten, die Frau mit dem viereckigen Gesicht sei gekommen, um zu sagen, der Unterricht könne doch stattfinden, aber auf der Schwelle standen Natka und Aljonka.
»Ich bin so froh, Sie wiederzusehen!« sagte meine Mama.
Natka trat mit strenger Miene in den Flur, zog Aljonka an der Hand hinter sich her. Sie trug einen roten Mantel mit Persianerkragen und einen weißen Schal. Aljonka hatte ein braunes Kleidchen an. Aus den Ärmeln staksten ihre Hände in schwarzen, mit einem Gummiband festgenähten Handschuhen hervor. Das linke Auge war nicht mehr mit einem Heftpflaster zugeklebt, es schaute offen, doch voller Unruhe gleichmäßig geradeaus.
»Sie waren schon einen Monat lang nicht bei Agraphena Fedossejewna, haben sie kein einziges Mal angerufen«, sagte Natka kurzangebunden.
Die grünen Hausschuhe mit den schwarzen Kästchen regten sich schuldbewußt:
»Ein Täßchen Tee?«

Natka willigte ein und ging mit weitausholenden Schritten in das Eßzimmer. Die kleine Teetasse versank förmlich in ihrer Hand.

»Agraphena Fedossejewna ist mutterseelenallein!« knurrte Natka, und der Teelöffel klimperte kläglich gegen den Tassenrand.

Die Füße in den grünen Hausschuhen hüpften scheu und langweilten sich.

»Einmal, da wollte ich sie ja schon anrufen!« gestand meine Mama, süßlich blinzelnd.

»Wann war das?« fragte Natka drohend und schloß die Faust fest um die Teetasse.

Meine Mama klimperte mit den gebogenen Wimpern und antwortete leise:

»Gestern ...«

»Und warum haben Sie es nicht getan?« griff Natka sie wieder an.

»Der Englischunterricht ...« murmelte meine Mama. Und die Hausschuhe tänzelten fröhlich. Meine Mama sah sie streng an, und eine Weile verhielten sie sich ruhig. »Ljoljetschka und ich haben Englisch gelernt ...«

»Ljolka ist begabt!« ließ sich Natka erweichen und wurde traurig. »Soll sie ruhig lernen! Aber Sie werden doch wohl ein bißchen Zeit erübrigen können, um Agraphena Fedossejewna zu besuchen! Denken Sie bloß nicht, sie habe mich zu Ihnen geschickt. Im Gegenteil, sie hat mich angefleht: ›Natotschka, belästige sie doch nicht!‹«

»Oh«, gluckerte meine Mama. »Ljolka und ich haben so viel zu tun ...«

»Belästige sie nicht...« wiederholte Natka leise, schrie plötzlich »Doch, ich belästige Sie!« und schlug weitausholend mit der Faust auf den Tisch: »Oder hast du vielleicht vergessen, Njurka, wer dir das ganze Leben geholfen hat? Hast du das wirklich vergessen?«
Die grünen Hausschuhe winselten auf, als sie über den spiegelglatten Boden rutschten.
Ich freute mich so über Natka und Aljonka! Wie sehr ich mich über sie freute!
Gestern, als Mama und ich zu der Englischlehrerin gingen – Mama in weinroten Schuhen mit gelben Absätzen –, hatte ich in der Schlucht zwischen den Häusern Natka und Aljonka gesehen, die gerade in den O Bus einstiegen. Ich wollte mich losreißen und zu ihnen hinlaufen, doch da schlossen sich die Türen, und der Bus fuhr los, in Tante Gruschas Richtung – geradeaus, immer geradeaus, bis er plötzlich nicht mehr zu sehen war...
»Ich habe dich gesehen«, sagte ich zu Aljonka.
»Na und?« lächelte Aljonka geheimnisvoll. »Ich bin jetzt ziemlich oft hier...«
»Komm, wir gehen in mein Zimmer«, lockte ich Aljonka.
Sie lachte spöttisch auf und ergriff meine Hand:
»Los!«
Wir liefen durch den Korridor, kamen an der Glastür vorüber.
»Dieses hier heißt Kabinett«, sagte ich.

»Ka-bi-nett!« sprach mir Aljonka nach, und wir mußten lachen.
Hinter der Glastür sah man einen langen Schreibtisch mit einem Sessel und einem runden Hocker daneben. Über dem Tisch hing das Bild eines schwarzgelockten jungen Mannes. Er hielt eine Zigarette zwischen den schlanken Fingern. Seine Augen waren schmal und länglich, wegen des Zigarettenrauchs konnte man ihre Farbe nicht erkennen.
»Das ist der junge Onkel Kirscha!« sagte ich im Laufen.
»Die Ähnlichkeit!« rief Aljonka erschrocken, blieb stehen und senkte die schmalen Augen.
»Komm weiter«, forderte ich, doch sie stand da wie versteinert.
Ich öffnete die Tür zum Kinderzimmer: Blaue Wände mit einem unruhigen, aufgeworfenen Muster in Rosa, ein Tisch mit Spiegel, gleich dahinter – mein Bett unter lauter Spitzen und ein Aquarium mit Goldfischen. Sie schwammen immer im Kreis, bogen lange und langsam die Schwänze, stießen sich ebenso lange und langsam mit den Flossen vom Wasser ab. In der Zimmerecke kauerten in einem Schaukelstuhl ein Plüschteddy mit gestrickten Strümpfen und eine Puppe in buntem Plaid. Vor dem Sessel stand ein Tischchen mit roten Tassen auf weißen Untertellern, unter dem Tisch schlängelte sich eine Eisenbahn. Die Waggons waren reglos auf den Schienen erstarrt. Aus einem Abteil schaute

ein Kontrolleur mit schwarzer Jacke und einer Tasche über der Schulter. Neben der Eisenbahn war ein Spielzeuglaster zu erkennen. Auf der Ladefläche lag eine Plastikpuppe, die Arme ausgebreitet und die Beine durchgedrückt. Die Augen waren weit offen und starrten an die Zimmerdecke.

»Das ist was!« sagte Aljonka, als sie schüchtern das Zimmer betrat. »Dafür lerne ich in der neuen Schule besser lesen als alle!«

Ich zog die Spielzeugeisenbahn auf. Der Zug ruckte und fuhr los. Aljonka schrie auf und sprang erschrocken zur Seite. Der Kontrolleur mit der Tasche über der Schulter purzelte aus dem Wagen ...

Da tauchten in der Tür die grünen Hausschuhe und die schwarzen ausgetretenen Stiefel auf.

»Wir gehen!« sagten die Stiefel barsch und stampften.

Die grünen Hausschuhchen tänzelten unruhig.

Aljonka und Natka zogen sich im Flur an. Meine Mama reichte Natka beflissen den Mantel. Natka knurrte und knirschte mit den Stiefeln. Aljonka kam kaum in ihren Mantel. Die Finger zur Faust geballt, suchten ihre Hände den Weg in die Ärmelöffnung. »Was hast du da in der Hand?« fragte Natka streng.

»Nichts«, antwortete Aljonka und schaute blinzelnd auf Natkas Schulter.

»Was du in der Hand hast!« wiederholte Natka drohend und forderte: »Sieh mich an!«

»Ni-ichts ...« sagte Aljonka leise ein zweites Mal und schaute auf Natkas Pelzkragen.
»Alles klar!« stellte Natka fest und bog Aljonkas Finger auseinander.
»Ach!« Die grünen Hausschuhe hüpften.
In Aljonkas Hand lag der Kontrolleur, der aus der Abteiltür gefallen war.
»Das gehört mir!« sagte ich.
»Wo hast du das her?« schrie Natka drohend und schüttelte ihre schwarze Mähne.
Aljonka schwieg.
»Wo du das her hast, frage ich dich!«
Die grünen Hausschuhchen kamen Aljonka eifrig zur Hilfe.
»Ljolja hat ihr die Puppe geschenkt!« sagte meine Mama.
»Geschenkt!« wiederholte meine Mama und trat mir mit ihrem grünen Hausschuh auf den Fuß.
»Hab ich gar nicht!« empörte ich mich. »Warum trittst du mir denn auf den Fuß?«
Da gab mir meine Mama eine schmerzhafte Ohrfeige:
»Dann schenkst du sie ihr jetzt!«
»Wir brauchen nichts Fremdes!« sagte Natka barsch, riß Aljonka die Puppe aus der Hand und schob sie in die Tasche meines Kleides.
Sie ging zur Tür und zog Aljonka hinter sich her.
»Besuchen Sie uns wieder!« kicherten die grünen Hausschuhe.
»Unbedingt«, antwortete Natka trocken. »Und

vergessen Sie Agraphena Fedossejewna nicht!«
»Sehen wir uns noch?« rief ich Aljonka zu.
Sie maß mich mit einem Blick, lächelte geheimnisvoll, sie sagte »Wer weiß« und zuckte die Schultern.
Als wir die Tür hinter den beiden schlossen, war in der Einfahrt Natkas grobe Stimme zu hören: »Ach, du Dreckstück!« Dann klatschte es kurz und trocken. Aljonka heulte laut.
Jeden Morgen wartete ich auf Natka und Aljonka, aber sie kamen nicht mehr. Ich war traurig und nahm weiter Unterricht bei der Englischlehrerin. Sie wohnte nicht weit entfernt, deshalb ging ich allein zu ihr, Mama verfolgte nur jedesmal aus dem Fenster, wie ich den Hof überquerte und im gegenüberliegenden Eingang verschwand. Ich träumte davon, zu Tante Gruscha zu fahren, in ihr Zimmer zu treten und sie auf Englisch zu begrüßen. Dann würde aus der Eckwohnung Nummer dreißig Wowkas Oma kommen und mich fragen: »How old are you?« Und ich würde antworten: »Four.«
Einmal verließ ich das Haus, ohne daß mir meine Mama nachsah. Das Telefon klingelte, und ihre Füße in den grünen Hausschuhchen trugen sie eilig in den Korridor, damit sie den Hörer abnehmen konnte. »Hallo-hallo!« schrie meine Mama. »Was haben Sie gesagt? Nein, ich kann Sie nicht verstehen!« Ich ging über den Hof, und als ich an der Ecke unseres Hauses anlangte, spähte ich durch die Schlucht zwischen den Häu-

sern. Ein schmales Streifchen Himmel war zu sehen, die Bäume bogen sich im Wind und peitschten ihn mit ihren spitzen Zweigen. An der Haltestelle stand, mit dem Rücken zu mir, Aljonka. Über den Schultern trug sie einen schwarzen Schulranzen, den zwei Metallschnallen verschlossen. Obenauf, zwischen den Schnallen, leuchtete ein Fliegenpilz. Ich drehte mich um und sah die Ecke des Nachbarhauses, in dem die Frau mit dem viereckigen Gesicht ungeduldig auf ihre drei Rubel wartete.

Ich runzelte die Brauen und betrat die Schlucht zwischen den Häusern.

»Grüß dich!« freute sich Aljonka und kam mir entgegengelaufen.

Ihr Ranzen gab ein trockenes Rappeln von sich.

»Schön, dich zu sehen!« rief ich und breitete die Hände aus, um Aljonka zu umarmen.

»Was du für einen Mantel anhast!« staunte Aljonka bewundernd.

»Ja«, nickte ich und drehte mich.

Mein Mantel war hellblau mit schwarzem Kragen, auf Brust und Rücken waren Gimpel eingestickt. Vorn saßen sie auf einem Zweig, während sie hinten die Flügel ausgebreitet hatten und losflogen.

»Ich gehe hier in die neue Schule«, sagte Aljonka und zeigte zum Opernhaus hinüber. »Siehst du den Trampelpfad? Du gehst immerzu geradeaus, geradeaus, dann mußt du hinter dem Haus dort

einbiegen, dann wieder durch die Höfe an der Baugrube vorbei, gehst den Zaun entlang, über die Straße, und dann kommt so eine Absperrung aus weißen Brettern. Wenn du ein Brett beiseite schiebst und durchkriechst, bist du gleich in der Schule.«
Ich sah unverwandt auf die Straße. Von fern näherte sich langsam das blaue Quadrat des O-Busses mit seinen Leitungen, die wie die Fühler eines Grashüpfers aussahen. An das Glas war die Zahl einunddreißig geklebt.
»Einunddreißig«, las ich und sah Aljonka hoffnungsvoll an.
»Ich fahre jetzt los«, lächelte sie.
»Aljonuschka«, begann ich schmeichelnd und streichelte ihren schwarzen Handschuh. Aljonka steckte die Hand in die Tasche. »Weißt du, wie man zu Tante Gruscha fährt?«
»Vielleicht«, lachte sie und wich vor mir zurück an den Rand der Haltestelle.
Ich ging hinter ihr her. Der O-Bus war schon ganz nahe.
»Sagst du mir, mit welchem O-Bus?«
Der Bus hielt, wackelte mit den Fühlern und ließ Funken sprühen.
»Vielleicht«, erwiderte Aljonka und kletterte die Stufen hinauf.
Ich folgte ihr, klammerte mich an die Türstange.
»Zeig es mir, bitte!« flüsterte ich.
»Dann komm!« rief Aljonka kurz.

Die Türen des Busses gingen zu.
Wir sahen einander an und kicherten.
Ich hielt mir die Hand vor ein Auge und sagte:
»Jetzt bin ich du!«
Aljonka kniff auch ein Auge zusammen und versetzte:
»Und ich bin Domna Tschmeljowa!«
Wieder kicherten wir und setzten uns auf eine freie Bank. Ich ans Fenster, Aljonka zum Gang hin. Wir baumelten mit den Beinen.
»Merk dir, was ich erzähle«, forderte Aljonka.
Ich spitzte die Ohren.
»Jetzt ist Herbst«, begann sie mit sanfter Stimme. »Wir kommen zur ersten Stunde, und sie drücken uns Harken in die Hand. Dann ziehen wir alte Sachen an, Gummistiefel bis zu den Knien und warme Jacken, und gehen in den Hof, Laub zusammenharken. Es gibt trockene Blätter, die sind gerade erst abgefallen. Gelb sehen sie aus, und grün und rot wie das Innere einer Hand. Und dann gibt es nasse Blätter, die faulig riechen. Sie sind als erste auf die Erde gefallen und schon ganz braun vor Nässe. Aber uns ist das egal, ob die Blätter oben liegen und noch wie lebendig sind, oder ganz unten, wir vermischen sie mit den Zinken und harken sie zu Haufen zusammen. Und die werden dann angesteckt, und es riecht feucht und beißend, als ob du die ganze Zeit weinst. Dabei weint gar keiner, wir sitzen im Klassenzimmer hinter den Bänken und sehen zu, wie von unten dünne Rauchfähnchen bis zu uns hochstei-

gen, und die Lehrerin malt ein riesengroßes ›A‹ an die Tafel ...«

Ich sah aus dem Busfenster: Wir fuhren an einem nackten Birkenwäldchen vorüber. Schlank und fein standen die Bäume da, mit weißen Stämmen, in die sich schwarze Schrunde eingefressen hatten. Ich drehte mich zu Aljonka um. Sie hatte breitgezogene Lippen. In den Mundwinkeln nisteten kleine rote Risse, und ihre Nase lief.

»Unsere Lehrerin zeichnet ein ›A‹ an die Tafel und beschwert sich, es wäre so stickig. Sie sperrt alle Fenster auf im Klassenzimmer. Uns zieht es, aber wir sagen nichts, malen das ›A‹ von der Tafel ab in unsere Hefte. Bei vielen klappt es nicht, aber ich habe keine Mühe, die Lehrerin gibt mir immer eine Eins. Sie ist noch jung, benutzt Parfüm und trägt eine Glasbrosche – ein Sträußchen gelber Nelken. Die Nelken steckt sie sich an die Brust, und das Parfüm tröpfelt sie auf ihren Kragen. Nach dem Unterricht sieht sie unsere Hefte durch und weint, weil sie keinen Mann hat ... Neben mir sitzt Lussja, die ist schon fast fünfzehn. Sie guckt lange nach vorn, an die Tafel, auf den Buchstaben ›A‹, aber dann malt sie einen Strich in ihr Heft oder ein Viereck. Die junge Lehrerin schreit sie an und gibt ihr gleich eine Vier, und Lussja ist ganz geknickt. Manchmal muß Lussja nachsitzen, aber sie kriegt das ›A‹ nicht hin, und dann nimmt die Lehrerin sie in den Arm und beide weinen, jede über ihren Kummer. Lussja hat noch einen kleinen Bruder,

Iwan, der wird bald acht. Nach der Schule kommt er immer zu uns und holt Lussja ab. Sie jagen sie nicht von der Schule, weil sie am besten Laub zusammenharken kann im Hof.«

Ich schaute aus dem Fenster: Gelbe, fünfstöckige Wohnblocks kamen uns entgegen, und plötzlich glänzte über einem Schaufenster das Wort »Flieder« auf. Hier hatten Tante Gruscha und ich die dunkelblaue Brosche für sie gekauft, aus »so etwas wie Saphir«. Ich freute mich: Tante Gruscha mußte also schon ganz nah sein ...

Da legten sich von oben zwei weiße Hände auf meine und Aljonkas Schultern. Ich dachte, sie wollten unseren Mantelstoff befühlen, aber die Hände preßten die Finger so fest zusammen, daß wir aufschrien:

»Aua!«

Darauf rief eine Stimme:

»Eure Fahrscheine!«

Wir hatten keine Fahrscheine und räumten ein, daß wir einfach so Bus fuhren.

»Eure Fahrscheine!«

Wir drehten uns um und sagten wieder ehrlich, wir hätten keine.

Das verdutzte Gesicht des Kontrolleurs sah uns an.

»Dann müßt ihr eine Strafe bezahlen und aussteigen!«

Aljonka heulte los, weil sie kein Geld hatte für die Strafe, ich hingegen öffnete die Faust und zeigte allen, daß darin drei Rubel lagen, die ich eigent-

lich bei der Englischlehrerin neben der Katzenschüssel unter der Heizung zurücklassen sollte.
Der Kontrolleur nahm die Tasche von der Schulter und tat die drei Rubel hinein.
Der O-Bus hielt an der Haltestelle »Zoo«.
»Hier müssen wir sowieso aussteigen!« riefen wir dem Kontrolleur zu.
Er zeigte uns eine Faust und rückte sich die Tasche auf der Schulter zurecht.
Aljonka und ich nahmen uns in den Arm und hopsten tanzend die Gogol-Straße entlang zu Tante Gruschas Haus. Manchmal schleuderte ich ein Bein nach vorn und dann nach hinten, wollte »Spagat« machen wie Natka, als sie zu Neujahr mit Tante Gruscha getanzt und Onkel Kirscha dazu Gitarre gespielt hatte. Aljonka und ich tänzelten an der Schaukel vorbei. Sie war leer, nur das abgefallene Blatt lag noch immer auf dem Sitz.
Dann sah ich schon den bekannten Hauseingang. Wir rannten die Treppe hinauf und erstarrten vor der Eckwohnung Nummer dreißig. Die Tür stand offen.
»Nein«, sagte Tante Gruschas traurige Stimme. »Sie brauchen gar nicht erst zu bitten!«
»Warum?« fragte ein samtener Bariton.
»Weil nein nein ist!«
Plötzlich wurde der samtige Bariton herrisch und böse.
»Hör zu, Agraphena«, preßte er heiser hervor. »Genau vor dreißig Jahren hast du mir einen

Korb gegeben, weil du mit diesem Narren verheiratet warst. Gut, das habe ich begriffen! Aber warum weist du mich jetzt ab, wo dein Narr...«

»Hören Sie auf, Chariton Klimowitsch!« unterbrach ihn Tante Gruscha streng. »Ihnen steht es nicht zu, über ihn zu richten! Ob er ein Narr war oder etwas Höheres!«

»Na gut«, schrie Chariton Klimowitsch. »Soll er ruhig etwas Höheres gewesen sein! Ein Graf oder ein Herzog oder der König höchstpersönlich! Aber jetzt, Agraphena, jetzt bist du allein, mutterseelenallein in der leeren Wohnung, nicht einmal dein Käferchen konntest du behalten, sogar das haben sie fortgebracht. Warum also weist du mich jetzt ab?«

»Weil«, erwiderte Tante Gruscha müde, »weil das Leben schon vorbei ist und nichts mehr kommt! Ich brauche auch gar nichts mehr, höchstens Ljolja...«

»Die haben sie fortgebracht«, lachte Chariton Klimowitsch. »Und du siehst sie nie wieder. Nur ich denke noch an dich...«

»Ich bin hier!« schrie ich und lief in die Wohnung.

Tante Gruscha hantierte mit den Puderdöschen auf dem Tisch vor dem Spiegel, während Chariton Klimowitsch mit großen Schritten das Zimmer durchmaß. Als er mich sah, spuckte er auf den Fußboden, trat die Spucke mit dem Schuh breit und ging.

»Ljolja!« freute sich Tante Gruscha. »Du bist hergekommen!«
»Ich bin's! Ich bin's wirklich!« rief ich. »Bin in den O-Bus gestiegen und an der Haltestelle ›Zoo‹ ausgestiegen. Eine Strafe mußte ich bezahlen. Und damit ich nicht allein zu fahren brauchte und mich nicht langweile, habe ich Aljonka mitgebracht. Sie steht draußen, vor der Tür, traut sich nicht herein . . .«
Tante Gruscha sah hinaus in das Treppenhaus, aber dort war niemand mehr.
Da fragte ich Tante Gruscha:
»How do you do?«
Doch sie schwieg.
Da antwortete ich für sie:
»I am fine!«
Auf dem grünen Tisch stand die kleine Teekanne für den Aufguß und eine nichtausgetrunkene Tasse.
»A cup of tea!« zeigte ich mit der Hand darauf, sah dann Tante Gruscha an und fragte: »Na, wie ist das?«
Tante Gruscha fing an zu weinen. Ich ging zu ihr und streichelte mit den Händen ihre breiten Wangen.
»Du mein Trost!« seufzte sie.
»Zieh doch zu uns!« schrie ich atemlos. »Weißt du, was wir für eine Wohnung haben? So viele Zimmer«, ich streckte alle fünf Finger meiner rechten Hand vor. »Und noch so viel!« Ich fügte drei Finger der linken Hand hinzu. »Acht zusam-

men! Du kannst wohnen, in welchem du willst!«
Tante Gruscha lächelte.
»Und mein Bett hat eine Decke mit ganz viel Spitze! Und siehst du, was ich für einen Mantel anhabe? Mit Gimpeln darauf! Komm mit zu uns!«
»Ja«, nickte Tante Gruscha. »Ich bringe dich nach Hause!«
»Und deine Schränke, die stellen wir mit in das Zimmer«, konnte ich mich nicht beruhigen. »Und dein grüner Tisch und das gestreifte Sofa passen auch noch hinein!«
Tante Gruscha hörte mir zu und zog sich an.
»Gut, Ljoletschka! Wie schön!«
»Wir gehen zusammen zum Englischunterricht!« schrie ich, als wir das Haus verließen. »Und hinterher legen wir immer irgendwo drei Rubel hin . . .«
Als Tante Gruscha und ich an unserer Wohnungstür klingelten, kamen die grünen Hausschuhchen aufgeregt durch den Korridor gelaufen, um zu öffnen.
»Ljolja!« rief meine Mama. »Wo warst du denn? Tante Agrippina, ich will dich schon lange besuchen.«
»Ich bringe Ljolja zurück«, sagte Tante Gruscha traurig und wollte gehen, aber Mama und ich ließen sie nicht fort.
»Bleib doch noch ein bißchen, bleib doch!« bat meine Mama, und die Hausschuhchen hüpften schuldbewußt.
Tante Gruscha ließ sich überreden, wenn auch wi-

derstrebend. »Komm mit ins Kinderzimmer«, bat ich, aber sie war schon auf dem Sprung zu gehen.
»Bleibst du denn nicht bei uns wohnen?« wollte ich wissen.
Tante Gruscha und meine Mama verstummten. Die grünen Hausschuhe stellten sich neugierig auf die Spitzen. Ich wiederholte die Frage.
»Wirklich, warum denn nicht?« sagte meine Mama schließlich. »Bleib bei uns, Tante Agraphena! Ich wollte es dir schon lange anbieten!«
Tante Gruscha willigte ein.
Sie wählte das allerkleinste Zimmer am Ende des Korridors, neben dem Kinderzimmer. In der Ecke stand ein Bett und ein Tisch mit Spiegel, genau wie in der Gogol-Straße, und vor dem Fenster ein Sessel mit hoher Lehne. Tante Gruscha saß tagelang in diesem Sessel und sah aus dem Fenster.
Eine Woche später brachte ein Auto ihre Sachen. Tante Gruscha freute sich und ging sogar in den Hof hinunter, um die Kisten zu zählen. Aus der Manteltasche zog sie ein Blatt Papier, das einem Schulheft entstammte, und verglich sorgfältig die Ladung des Autos mit ihrer Liste. Ich half ihr. Die Liste war lang. Schließlich wurden die Kisten ausgeladen.
»Vier Kartons mit Kleidung«, zählte Tante Gruscha streng.
Ich lief um den Stapel herum und suchte die vier Kartons, auf denen »Kleidung« stand.
»Kisten mit Büchern – drei Stück . . .«

Ich suchte diese Kartons.
»Ein Spiegel mit Holzrahmen und ein Tisch ...« las Tante Gruscha mit singender Stimme und lächelte freudig, als die Möbelträger Tisch und Spiegel in das Treppenhaus trugen.
Ich war unruhig:
»Und wo sind deine Lippenstifte?« flüsterte ich laut. »Der Puder und das Parfüm? Und die Arzneipulver?«
»Da bringen sie den Karton schon!« beruhigte mich Tante Gruscha.
Zwei Träger reichten schnaufend einen kleinen Kasten mit dem blauen Vermerk »Kleinkram« aus dem Auto.
Ich tat so, als wäre ich beruhigt, behielt aber die Möbelträger weiter im Auge. Ich machte Tante Gruscha mit den Augen ein Zeichen, sie nickte, als habe sie verstanden, doch in Wirklichkeit begriff sie nicht, was ich meinte. Ich aber wußte, noch zwei, drei Worte, noch ein heimliches abschätziges Lachen, und sie würden wieder die Taschenmesser hervorholen und heiser unter unserem Fenster den Gassenhauer anstimmen, um Onkel Kirscha zu verspotten.
Aus dem Hauseingang trat meine Mama in schwarzen, glänzenden Stiefelchen mit roten Knöpfen. Die Augen hatte sie grün nachgezogen, den Mund braun geschminkt.
»Jungs«, sagte sie zu den Trägern. Ihre Stiefelchen lachten und tänzelten. »Ich mache euch Tee im großen Zimmer und lege Musik auf.«

Die Träger feixten mit gelben Raucherzähnen. Ich versteckte mich hinter Tante Gruscha. Sie streichelte mich verständnisvoll, bemerkte aber wieder nichts.
Wir zählten weiter:
»Schrank mit Bettzeug – ein Stück ...«
»Hölzerne Truhe mit einem Vorhängeschloß – eine ...«
»Seidene Übergardinen mit Troddeln – vier Pakete ...«
Leichtfüßig trugen die Möbelträger die Kisten in den fünften Stock und stellten sie in Tante Gruschas Zimmer. Auf dem Weg dorthin warfen sie einen Blick in das Wohnzimmer, wo meine Mama Tee eingoß und den Staub von den Schallplatten wischte.
Tante Gruschas Zimmer machte sich ganz weit und schluckte sämtliche Sachen, die aus der Wohnung in der Gogol-Straße eingetroffen waren. Der grüne Tisch, die Stühle mit den Seidenbezügen, das gestreifte Sofa – alles fand Platz. Zuerst standen die Kisten und Kästen unordentlich in allen Zimmerecken, dann türmten sie sich akkurat vor Tante Gruschas Bett auf. Sie mußte sie auspacken. Nur der Schrank mit dem Bettzeug stand noch im Flur gegenüber ihrer Tür.
Im Wohnzimmer hatte meine Mama unterdessen die Musik aufgelegt, die Möbelträger trampelten vor der Schwelle und warteten, bis der Tee eingegossen war. Bei einem von ihnen klimperte etwas in der Hosentasche. Ich zuckte zusammen,

denn ich wußte: Es war ein Taschenmesser, das gegen einen Metallrubel stieß.

Meine Mama stampfte mit dem Fuß als Zeichen für den Beginn der Teezeremonie. Die Möbelträger drängten ins Zimmer, schwangen sich wie Reiter auf die Stühle. Sie legten die Arme auf die Lehnen und stießen die Füße in die Luft, als würden sie einem Pferd die Sporen geben. Die schwarzen Stiefelchen mit den roten Knöpfen trappelten und tanzten drauflos, so heftig, daß ein Knopf absprang und wie ein Kreisel über den Teppich trudelte.

Die Möbelträger tranken den Tee aus, kramten Taschenmesser hervor und ritzten ihre Namen in die Stuhllehnen: »Vitja, Jura, Serjosha«. Meine Mama lachte, stieg auf einen Stuhl und trug ein Gedicht vor. Die Möbelträger wurden nachdenklich, dann schnitzten sie »Hier waren ...« in die Lehnen. Danach wurde es Nacht, und die Stiefelchen mit den roten Knöpfen wollten sich verabschieden. Sie winselten schrill und wiesen auf die Tür. Drohten, die Miliz zu rufen. Die Möbelträger gingen ungern, baten zum Abschied noch um einen Tee. Doch meine Mama hob den Deckel von der Aufgußkanne und zeigte, daß sie leer war.

Am nächsten Morgen nahm ich drei Rubel und ging zu der Frau mit dem viereckigen Gesicht, um ihr in Englisch zu sagen, daß Familie Koslow im dritten Stock eines großen Hauses wohnt, Vater Koslow als Buchhalter arbeitet, morgens Kaffee trinkt und ein Käsebrot dazu ißt.

»All right«, erwiderte die Frau mit dem viereckigen Gesicht.
Ich legte die drei Rubel in die Gebäckschale und ging.
Als ich zurückkam, saß Tante Gruscha im Nachthemd im Sessel und betrachtete die Pyramide aus Kisten und Kästen. Der Karton »Kleinkram« war schon offen, aber sie hatte nur eine runde Schachtel mit Knöpfen daraus hervorgeholt. Als bunte Flecke schimmerten sie durch den Plastikdeckel. Tante Gruscha machte die Schachtel auf, und die Knöpfe kullerten klimpernd auf den Boden. Sie waren länglich und himmelblau oder winzig und rosa wie erstarrte Wassertropfen oder weiß mit goldenen Rändern. Ich sammelte sie auf und legte sie nebeneinander auf das Fensterbrett.
Meine Mama kam ins Zimmer. Ihr Gesicht war müde und verquollen. Die grünen Hausschuhchen konnten sich kaum auf den Beinen halten und stolperten kraftlos übereinander.
»Ljolja darf nicht alleine auf die Straße!« sagte Tante Gruscha streng.
»Sie geht doch nur ins Nachbarhaus ...« versetzte Mama schläfrig.
»Trotzdem!« fiel ihr Tante Gruscha unnachgiebig ins Wort. »Bei uns im Haus ist in Wohnung Nummer neunundvierzig etwas passiert ... Die Eltern haben den Jungen allein auf die Straße gelassen, und wiedergefunden haben sie ihn erst drei Tage später. Er lag im Keller, erwürgt, und in der zusammengepreßten Hand hatte er eine

Brille. Anhand dieser Brille haben sie dann den Mörder gesucht . . .«
»Und wer war es?« fragte meine Mama erschrocken.
»Du wirst es nicht glauben . . .« erwiderte Tante Gruscha. »Ein junger Bursche, fast noch ein Kind, aus einer ganz armen Familie. Er wollte die teure Windjacke haben, deshalb hat er den Jungen in den Keller gelockt . . . Wo Ljolka doch so einen Mantel trägt!«
»Mit Gimpeln!« ergänzte ich.
»Wie schrecklich!« entfuhr meiner Mama ein Aufschrei.
Die grünen Hausschuhchen traten noch einen Moment verlegen von einem Fuß auf den anderen, dann gingen sie. Ihre Sohlen schlurften langsam durch den Korridor und verstummten im Vorzimmer.
Tante Gruscha legte auch die restlichen Knöpfe auf das Fensterbrett. Sie schienen mir alle uninteressant, bis auf einen. Der war schwarz und scharfkantig, mit einem weißen Streifen in der Mitte. Ich begriff sofort, wen ich da vor mir hatte. Ich nahm den Knopf und legte ihn neben einen runden weißen, den ein goldener Einfaß zierte.
»Warum, sag mir bloß, warum?« ließ ich den schwarzen Knopf mit dem breiten Streifen sprechen. »Warum heiratest du mich nicht?«
Eigentlich hätte Tante Gruscha für den weißen Knopf antworten müssen, doch sie schwieg verstimmt.

»Sag es mir – warum?« beharrte der schwarze Chariton Klimowitsch.
»Weil das kein Kinderspiel ist!« sagte Tante Gruscha.
»Sind wir etwa Kinder?« rief Chariton Klimowitsch mit dem weißen Streifen und vollführte eine tänzelnde Bewegung auf dem Fensterbrett.
»Ich will nicht!« erwiderte der Tante-Gruscha-Knopf traurig und rückte ein Stückchen ab, zum Fenster.
Durch die Scheiben konnte ich sehen, wie meine Mama aus dem Haus kam. Sie trug kurze schwarze Filzstiefelchen, mit glänzenden Überschuhen. Ihre Hände hielten die hölzernen Lehnen von drei Stühlen umklammert und schleiften sie hinter sich her. Auf den Lehnen leuchteten die Namen der Möbelträger. Die Stühle schurrten auf den Hinterbeinen meiner Mama nach, die Vorderbeine waren steil in die Luft geworfen. Bei den Mülltonnen ließ Mama die Stühle los. Reglos standen sie einander gegenüber mit ihrem »Vitja«, »Jura« und »Serjosha« im Rücken. Die Stühle bildeten einen Halbkreis, so als hätten Vitja, Jura und Serjosha gerade erst darauf gesessen.
»Und vor zwanzig Jahren wolltest du auch nicht?« fragte der Chariton-Klimowitsch-Knopf und trudelte wie ein Kreisel.
»Natürlich nicht«, antwortete Tante Gruscha mit dem Goldrand müde und fiel vom Fensterbrett.
Sie kullerte über den Fußboden und verschwand unter dem Sofa. Ich bückte mich, um nachzu-

schauen, wie es ihr dort erging, und sah, daß sie in zwei Hälften zerbrochen war. Die eine Hälfte lag auf dem Teppich, die andere auf einem Streifchen Parkett.
»Irgendwie kann ich den Zoo heute gar nicht sehen«, sagte Tante Gruscha und verfolgte hinter dem Fenster, wie meine Mama in ihren schwarzen Filzstiefelchen unter den glänzenden Überschuhen zum Eingang zurückschlurfte.
Ich lachte und hob die Hand, um es ihr zu zeigen:
»Da ist der Zoo, da!« Meine Finger wiesen bald auf das Haus der Frau mit dem viereckigen Gesicht, bald auf die Säulen des Opernhauses.
Tante Gruschas Augen suchten angestrengt:
»Ich sehe nichts . . .«
»Was ist denn los mit dir?« wunderte ich mich. »Hier gibt es doch gar keinen Zoo, bloß das Opernhaus und den Roten Prospekt.«
»Ach so!« beruhigte sich Tante Gruscha und trat vom Fenster zurück. »Wo Kirill nur bleibt . . . Ist er schon lange weg?«
»Er kommt nie mehr«, antwortete ich. »Hast du vergessen, daß er tot ist?«
Tante Gruscha sah mich aufmerksam an. Es fiel ihr schwer, und sie mußte sich anstrengen, mich in ihrem Blick zu behalten.
»Kirill ist tot?« fragte sie und wurde nachdenklich. »Nein, wieso, ich weiß doch noch . . .«
Zum Mittagessen füllte meine Mama mir und Tante Gruscha Quark mit Milch auf die Teller.

Wir saßen auf neuen Stühlen, die morgens aus dem Laden geliefert worden waren.
»Tante Gruscha erinnert sich jetzt an gar nichts mehr!« sagte ich zu meiner Mama.
»Hör auf!« antwortete sie.
Tante Gruscha lächelte.
»Wo hast du den Quark her?« fragte sie meine Mama.
»Den haben wir doch gestern gekauft!« versetzte Mama. »Weißt du das nicht mehr? Was ist denn los, Tante Agrippina?«
»Ich kann mich nicht erinnern ...« entgegnete Tante Gruscha.
»Siehst du«, nickte ich. »Sie hat mich sogar nach Onkel Kirscha gefragt.«
»Nein, Kirill ist tot, das weiß ich.«
Meine Mama runzelte die Brauen.
»Aber mich kennst du doch?«
»Nein ...« und Tante Gruscha lächelte schuldbewußt.
»Weißt du wenigstens noch, wer Ljoletschka ist?«
Ich wurde unruhig. Doch Tante Gruscha sagte:
»Natürlich weiß ich das ... Sie wohnt doch bei mir. Wie könnte ich denn meine Ljoletschka vergessen?«
»Nein, Ljoletschka wohnt bei mir!« widersprach meine Mama.
»Was du nicht sagst!« lachte Tante Gruscha, sah sie dann jedoch mißtrauisch an und fragte: »Und wer bist du?«
Meine Mama schwieg.

Abends erbrach Tante Gruscha den Quark und noch etwas Braunes, das wie eingetrocknetes Blut aussah. Ihre Augen wurden trübe und schlossen sich. Ich rief sie einige Male beim Namen, doch sie reagierte nicht, bewegte nur träge die Hand.

Wir riefen den Notarzt. Er sprach mehrmals das Wort »Infarkt« aus und fuhr weg.

Ich fragte:

»Was bedeutet ›Infarkt‹«?

»Es bedeutet, daß Tante Gruscha bald stirbt!« antwortete meine Mama.

»Das ist unmöglich!« ich wollte ihr nicht glauben. »Du bringst etwas durcheinander!«

Aus Tante Gruschas Mund floß eine bräunliche Flüssigkeit, und meine Mama stellte eine Schüssel neben das Bett. Tante Gruschas Augen waren geschlossen, ihr Gesicht wirkte ruhig.

»Sie wird wohl nicht wieder zu sich kommen«, sagte meine Mama und sah Tante Gruscha unverwandt an.

»Sie stirbt ...« begriff ich plötzlich. »Was soll ich bloß ohne sie machen? Wie soll ich leben ohne sie?«

»Du wirst mit mir leben«, erwiderte meine Mama und wandte die Augen ab. »Geht es dir etwa schlecht?«

»Ich brauche aber Tante Gruscha«, erklärte ich. »Sie hat mir immer das Wechselgeld gegeben im Laden, hat mir ›Die blaue Blume‹ vorgelesen ... Du verstehst das nicht ...«

»Ich gebe mir Mühe...«

»Ach laß nur!« winkte ich ab. »Ich habe keine Lust... Hör mal...« Ich sah meine Mama aufmerksam an. Die grünen Hausschuhchen hielten kaum noch an den blassen Füßen. »Könntest du nicht statt Tante Gruscha sterben?«

Wir wandten uns beide zu Tante Gruscha um. Die braune Flüssigkeit floß nun nicht mehr nur aus dem Mund, sondern rann auch als feiner, dünner Strahl aus ihren Nasenlöchern. Tante Gruschas Gesicht war ruhig, als wäre es früher Morgen in der Gogol-Straße und sie müßte jeden Moment erwachen.

»Woran denkt sie?« fragte ich.

»Sie träumt von ihrem Leben«, antwortete meine Mama.

»Weißt du nicht, was sie träumt?« wollte ich wissen.

»Vielleicht weiß ich es...« lächelte meine Mama.

»Was träumt sie denn?« schrie ich.

Meine Augen waren feucht, die Lider bleischwer. Das Zimmer, in dem wir standen, verschwamm ganz und gar, und danach auch das Gesicht meiner Mama. Ich sah nur einen bebenden rosa Fleck mit geschlossenen Augen über einem weißen, leuchtenden Kleid. Ich hörte Mamas Stimme und den pfeifenden Atem Tante Gruschas.

»Sie träumt, es wäre Sommer«, erzählte meine Mama und schwankte von einer Seite zur anderen wie die Porzellanmännchen, die auf dem Klavier im Wohnzimmer standen. »Es ist sehr warm. Mitte Juni. Es gibt viele Mücken, und damit sie nicht gestochen wird, reibt sich Tante Gruscha mit Parfüm Marke »Nelke« ein. Sie steht am Ufer eines Flusses und schaut zu Onkel Kirscha, der ihr aus einem Boot die Hand entgegenstreckt. In dem Boot liegen seine Angeln ...« Und plötzlich fragte meine Mama:

»Weißt du noch, Ljolja?«

Mit einem Schlag wurde das Zimmer wieder klar, genau wie Mamas Gesicht und ihr weißer Seidenkittel mit der Silberstickerei.

»Weißt du noch, Ljolja?« wiederholte sie zärtlich.

»Nein«, versetzte ich, und Tante Gruschas Gesicht mit den Spuren der braunen Flüssigkeit stand ganz deutlich vor mir.

Und wieder verschwamm alles.

»Und das Ufer des Flusses ist sehr, sehr steil, am Hang nisten Schwalben. Sie fliegen über den Fluß, und du fragst, warum sie einen gespaltenen Schwanz haben. Onkel Kirscha ruft Tante Gruscha zu sich ins Boot, aber Tante Gruscha bleibt stehen, will weiter den Schwalben nachschauen. Und ich halte dich an der Hand. Da klettert Tante Gruscha doch in das Boot, und Onkel Kirscha will sich schon vom Ufer abstoßen, da reißt du dich plötzlich los und springst mit einem Satz hinein. Das Boot fährt los, und ich bleibe allein zurück ...«

Am nächsten Tag ging ich zu der Frau mit dem viereckigen Gesicht, um ihr die drei Rubel zu

bringen. Sie öffnete mir die Tür, und als ich sie sah, fing ich an zu weinen.
»Was ist passiert, Ljolja?« fragte sie streng.
»Passiert ist«, sagte ich, »daß meine Tante Gruscha stirbt.«
»Das tut mir sehr leid«, sagte die Frau mit dem viereckigen Gesicht und zeigte auf einen Stuhl. Ich setzte mich. Auf der Stuhllehne las ich »Hier war Jura«, und gegenüber standen Vitjas und Serjoshas Stühle. »Fangen wir an!«
Sie fragte mich auf englisch, was wir in unserer Wohnung für Möbel hätten. Ich beantwortete wie immer alle Fragen und ließ die drei Rubel auf den Fußboden fallen. Die Frau mit dem viereckigen Gesicht schob schwerfällig ihren Hausschuh darüber.
Abends ging ich zu Tante Gruscha. Sie hatte die Augen geöffnet, sah mich aber nicht. Ihr Blick irrte trübe durch das Zimmer und blieb manchmal zufällig an der Pyramide aus Kisten und Kästen hängen, die ihre Sachen bargen. Alle Kartons waren noch verschnürt, außer einem, dem allerobersten, aus dem wir die Schachtel mit den Knöpfen genommen hatten.
Der braune Schmetterling in Tante Gruschas Augen starb.
Ich wußte, jetzt mußte jemand am Kopfende ihres Bettes stehen, aber ich konnte niemanden sehen. Ich befürchtete, die Engel hätten sich verspätet und sie wären es, die Tante Gruschas huschender Blick in allen Zimmerecken suchte.

Deshalb stellte ich mich an das Kopfende, wedelte mit den Händen und flüsterte: »Fort mit euch, ihr Teufel, fort! Sie hat nicht gesündigt, und wenn doch, dann bloß ein kleines bißchen. Das wird ihr sowieso vergeben ...« Doch meine Hände faßten nur leere Luft. Da plötzlich wurden Tante Gruschas Augen klar. Sie schien jemanden unverwandt anzusehen, hob dann die schwere Hand vor ihr Gesicht und wischte sich die braune Flüssigkeit von den Lippen.
»Mama!« schrie ich. »Komm schnell! Komm! ... Die Engel haben Tante Gruscha den Kelch zum Trinken gegeben. Sieh doch nur, sie schaut die Engel an! Komm schnell!«
Doch als die grünen Hausschuhchen stolpernd ins Zimmer gelaufen kamen, war es schon zu spät. Tante Gruschas Augen erloschen, die Lider schlossen sich. Sie starb.
Tante Gruscha wurde neben Onkel Kirscha begraben, und zwischen die Gräber kamen ein kleiner Tisch und eine Bank. Ich saß auf der Bank und sah zu, wie schwarze, nachlässig geschnürte Winterschuhe und dunkle Stiefel mit goldenen Reißverschlüssen die Erde um die Gräber herum festtrampelten. Ausgetretene Filzstiefel in glänzenden Gummiüberschuhen trippelten eilig von einem Grabstein zum anderen und piepsten: »Was für ein Jammer! Ach je! Was für ein Jammer! Ei-jei-jei!«
Ich fragte meine Mama, wer jetzt in Tante Gruschas Wohnung in der Gogol-Straße wohnte. Sie

sagte, dort sei der junge Hausmeister eingezogen, Valera hieße er, und er würde Haus und Hof überhaupt nicht in Ordnung halten, sondern nur trinken, sein Messer auf das Fensterbrett werfen und Gitarre spielen.

Am Morgen nach dem Begräbnis erwachte ich auf dem Fußboden in Tante Gruschas Zimmer, neben den vier Kisten mit der Aufschrift »Kleidung«. Nachts hatte ich mich aus dem Kinderzimmer hergeschlichen, um nachzusehen, ob nicht Tante Gruscha zurückgekommen sei, und war dann auf dem Teppich eingeschlafen.

Ich ging zum Fenster. Auf dem Fensterbrett lag der schwarze Knopf mit dem breiten weißen Streifen. Die anderen Knöpfe waren aus der Schachtel gerollt und hatten sich im Zimmer verstreut.

Hinter den Scheiben fiel Schnee. Der erste Schnee nach dem Sommer und dem Herbst. Dicht an dicht bedeckten die Flocken die Erde, die Bäume, die Garagendächer und den Sims über dem Eingang, in dem die Frau mit dem viereckigen Gesicht wohnte und auf ihre drei Rubel wartete. Der Schnee fiel auf den Roten Prospekt, auf die Straßenbahnschienen vor dem Opernhaus und auf die Bushaltestelle. Er fiel auf die Gogol-Straße, auf meine Schaukel im Hof und auf das Dach des Krankenhauses am Soja-Kosmodemjanskaja-Platz, wo wir das letzte Mal mit Onkel Kirscha gesprochen hatten.

Ich sah aus dem Fenster und begriff, daß alles, aber

auch wirklich alles nichtig war im Vergleich zu diesem schwerelosen, unendlichen Schnee, der fiel, soweit das Auge reichte. Im selben Moment erinnerte ich mich an die schreckensstarren Gesichter von Tante Gruscha und Onkel Kirscha, genau in dem Augenblick, als sich der Sargdeckel über ihnen schloß. Ich hatte sie schon beweint, sie hatten mein Herz bereits gebrochen, nun hatte ich kein Herz mehr! Es gab nur noch Schnee, der die ganze Erde bedeckte – ohne Unterschied, den Roten Prospekt ebenso wie Tante Gruschas und Onkel Kirschas Gräber. Es gab nur noch den Schnee. Nur den Schnee. Und vor ihm waren alle gleich.

Die letzten Tage im dunklen November

Meine Mama saß da in ausgetretenen Filzstiefeln und nähte einen roten Knopf an ihre schwarzen Stiefelchen. Sie erwartete Besuch.

Ich lief hinaus auf die Straße. Der Himmel war niedrig, hing schwer, konnte sich kaum halten. Ich hatte Angst, er könnte jeden Augenblick herabstürzen, auf das Dach unseres Hauses. Immerhin wohnten wir oben, im fünften Stock.

Meine Mama stand am Fenster und streckte den jungen Burschen, die unten herumstreunten, die Zunge heraus. Als Erwiderung zeigten sie ihr die Faust. Dann wollte sie sich ausschütten vor Lachen und versteckte sich hinter dem Vorhang.

Ich saß auf dem hölzernen Drehkarussell. Blaue und grüne Speichen wechselten einander ab. Ich saß auf einer blauen und überlegte, ob ich mich zu einer grünen hinüberschwingen sollte oder nicht. Ich hatte einen neuen Watteanzug an, rot mit Pelzbesatz. Der Anzug rutschte nicht, deshalb konnte man damit bequem herumturnen.

Ein Pärchen ging Arm in Arm an unserem Haus vorbei. Der Junge trug keine Mütze, die lockigen Haare fielen ihm bis über die Augen. Er kam mir bekannt vor, aber ich konnte mich nicht erinnern, wo ich ihn schon einmal gesehen hatte. Das Pärchen ging an den Fenstern im Erdgeschoß vorüber, das Mädchen zeigte mit der Hand auf ein bestimmtes Fenster und erzählte dem Jungen lebhaft etwas. Er wischte den Schnee von ihrem Kragen und sah dorthin, wohin sie zeigte.

Ich streckte die Beine aus, schob die Schuhspitzen unter den nächsten grünen Holm, ließ mich zurückfallen in den Kniekehlen und hing nun kopfunter an einer blauen Strebe. Der schwere Himmel, der Junge und das Mädchen – alles verkehrte sich, und ich wurde ruhig. Der Himmel war unten, drohte nicht mehr einzustürzen. Der Junge kam auf mich zu.

»Du bist wohl Turnerin?« fragte er.

»Ja«, erwiderte ich wichtigtuerisch und führte meinen Anzug vor.

»Könntest du nicht aber doch vielleicht...« begann er sanft und schaukelte in meinen Augen.

Ich runzelte die Stirn und zog mich hoch. Vor mir stand Valera, der Halbwüchsige, doch sein Gesicht schien mir härter als damals, statt des Flaums zierte jetzt ein schwarzes Bärtchen seine Oberlippe, und auf der Wange leuchtete eine Schramme. Da begriff ich, daß das der Arzthelfer war, der Onkel Kirscha mit ins Krankenhaus genommen hatte.

»Kennst du mich noch?«

Er lächelte und sagte:

»Nein ...«

Wie er dastand, so sanft und freundlich, kamen mir selbst Zweifel, ob wir uns schon einmal begegnet waren. Die Haut in seinem Gesicht war ganz glatt, und die Schramme wirkte aus der Nähe wie ein zufälliger Kratzer.

»Ich wohne in dem Haus«, sagte ich und zeigte auf das Fenster, hinter dem gerade noch meine Mama gestanden hatte.

»Dann sind wir Nachbarn«, lächelte er wieder.

Sein Lächeln war ganz ebenmäßig und die Stimme klang warm. So warm, daß ich in sie hineinhorchte und die Bedeutung der Worte nicht wahrnahm. Er sah mich aufmerksam an und fragte:

»Hast du einen Mantel mit Gimpeln darauf?«

»Ja!« antwortete ich stolz, wenn auch nicht gleich. Ich lauschte seiner Stimme, deshalb verstand ich erst nach einer Weile, was er sagte.

Er lachte, als er begriff, was seine Stimme anrichtete.

Das Mädchen stand abseits, hatte niemanden mehr, der ihr die Schneeflocken vom Kragen wischte. Sie sah mich traurig an.
»Ich wohne auch hier, im Erdgeschoß«, brachte der Junge das Gespräch wieder in Gang, »und sehe oft, wie du in deinem Gimpelmantel zu dem Eingang da drüben läufst«, und er zeigte auf das Haus der Frau mit dem viereckigen Gesicht. »Ich habe dich wiedererkannt!«
»Und ich habe dich mit jemandem verwechselt. Der ist einmal nachts zu uns gekommen. So ein ganz Böser!«
»Das war nicht ich!« sagte der junge Mann sanft. »Ich bin nicht böse. Ich arbeite als Notarzt.«
»Als Arzt?« vergewisserte ich mich.
Er hatte sich verraten. Es war der Bruder von Valera, dem Halbwüchsigen mit der heiseren Stimme, der uns zugeschrien hatte, nein, er habe ihn nicht umgebracht, er habe Onkel Kirscha nicht umgebracht, und der dann über seinem Grab Tränen vergoß.
»Ich habe den Schlüssel zu Hause gelassen, bin einfach aus der Wohnung, und die Tür ist zugefallen!« sagte der junge Mann leise. »Ich bitte dich, hilf mir!«
»Ich helfe dir«, war ich einverstanden und sah ihn verzaubert an.
»Das ist prima!« freute er sich und wurde rot. »Ich hebe dich hoch, du kletterst durch das Lüftungsfensterchen und machst mir von innen die Tür auf. Klar?«

»Klar«, versetzte ich und lachte. »Ich bin doch Turnerin!«
»Katja!« rief er zu dem Mädchen hinüber. »Komm her, sie ist einverstanden!«
Das Mädchen kam hastig auf uns zu. Sie trug einen flauschigen schwarzen Pelzmantel und schwarze, glänzende Schnürstiefel. Als sie lief, blieb ein Absatz im Schnee stecken, und sie fiel hin. Sofort stürzte der junge Mann los, aber sie war schon allein aufgestanden und klopfte sich den Mantelsaum ab, als sie näher kam.
»Ist sie wirklich einverstanden, Jegor?« fragte sie böse und sah uns wieder traurig an.
Unsere Blicke trafen sich. Ihre Augen waren braun, mit grünen Sprenkeln und sehr großen Pupillen. Ich konnte nicht begreifen, warum sie diesen bösen Gesichtsausdruck hatte, wenn sie den Jungen ansah, und so traurig schien, wenn ihr Blick auf mich fiel. Plötzlich durchfuhr es mich: Das war ich, nur viele Jahre später, wenn ich erwachsen sein würde.
»Sie macht mit, weil sie Turnerin ist«, erwiderte Jegor.
Das Mädchen lachte und streichelte seine Wange. Er drückte einen Kuß in ihre Hand.
»Dann los!« befahl sie böse. »Nimm deine Meisterturnerin und komm.«
Wir gingen zu dem Fenster.
Der junge Mann hob mich hoch, bis ich an die Lüftungsklappe heranreichte. Als ich auf der Höhe seines Gesichts war, streichelte ich seine

Wange, genau so, wie es das Mädchen im Pelzmantel getan hatte. Er war verdutzt, denn er begriff nicht, daß ich ihm damit bedeuten wollte, daß dieses Mädchen und ich eins waren.
»Erinnerst du dich nicht an mich, Jegor?« fragte ich. »Erinnerst du dich wirklich nicht? Dein Bruder...«
»Macht schneller! Schneller!« trieb uns das Mädchen an.
Da schob er mich von seinem Gesicht fort, hin zu dem Lüftungsfensterchen. Das mit seinem Bruder hatte er überhört.
Ich stand auf dem Fensterbrett der fremden Wohnung, die beiden sahen von der Straße zu mir hinauf.
»Spring!« trieb mich das Mädchen an und zeigte mit der Hand, wie ich springen sollte. »Spring und geh sofort zur Tür!«
Ich ließ mich vom Fensterbrett auf den Fußboden gleiten und durchquerte das Zimmer. Auf dem Teppich blieben Fußspuren zurück.
Ich öffnete die Wohnungstür. Die beiden standen bereits wartend auf der Schwelle.
»Geh«, sagte der junge Mann und wollte mich zum Eingang schubsen.
»Nein, warte«, sagte das Mädchen und zog mich in die Wohnung.
Sie legte mir die Hand auf die Schulter und preßte die Finger schmerzhaft zusammen.
»Laß sie laufen, Katja«, sagte der junge Mann mitleidig.

»Nein, Jegor, ich kann sie nicht laufenlassen!« weigerte sich das Mädchen.
»Was machen wir dann mit ihr?«
»Du weißt schon . . .«
»Gut«, sagte Jegor entschieden und schloß die Wohnungstür.
Keiner von uns sagte ein Wort, ich sah, daß an dem Pelzmantel des Mädchens die Ösen abgerissen waren.
»Und wie soll ich es machen, Katja?« fragte der junge Mann trocken.
»Wie du willst, Jegor«, erwiderte das Mädchen ebenso knapp und schloß die Augen.
Der junge Mann kniete sich vor mich hin und sah mir aufmerksam ins Gesicht.
»Wenn sie wenigstens einen Schal umhätte oder irgend so etwas . . .« sagte er unentschlossen.
»Mach schon«, bat ihn das Mädchen, ohne die Augen zu öffnen.
Dann schwiegen sie lange. Der junge Mann musterte mich noch immer, suchte nach einem Schal. Wir waren gleich groß.
»Ich bringe es nicht fertig, Katja«, sagte er schließlich.
»Dann laß sie laufen, Jegor«, erwiderte das Mädchen müde. »Aber du wirst es bereuen! Du wirst es bitter bereuen!«
Sie machte selbst die Tür auf und ließ mich in das Treppenhaus.
»Geh«, sagte sie sanft. »Du hast uns sehr geholfen. Danke!«

Ich ging zur Treppe und sah mich um. Der junge Mann kniete noch immer, doch nicht mehr vor mir, sondern vor dem Mädchen.

Am nächsten Tag brachte ich der Frau mit dem viereckigen Gesicht drei Rubel.
Ich ging langsam durch den Schnee. Er knirschte und klebte an meinen neuen Winterschuhen fest. Da trampelte ich nach jedem Schritt auf den Boden, um den Schnee abzuschütteln. Mir fiel ein, daß Tante Gruscha immer genauso gelaufen war. Ich mußte lachen über ihre »Leb wohl, Jugend!«-Stiefel mit den goldenen Reißverschlüssen. Als ich die Augen hob, sah ich, daß sie mir entgegen kam.
Ich dachte, sie wäre in dem Laden an der Ecke gewesen und hätte Quark gekauft. In der Hand hielt sie die blaue Einkaufstasche, auf ihrem Kopf thronte eine blaue Strickmütze, die eine Plastiknadel mit winzigen Glasperlen zierte. Sie war gerade in die Schlucht zwischen den Häusern eingetreten und hatte mich noch nicht gesehen. Sie lief mit gesenktem Kopf, stampfte immer wieder, um den Schnee von den Stiefeln abzuschütteln. Hinter ihrem Rücken sah man den grauen Himmel und die runde Kuppel des Opernhauses. Tante Gruscha hob den Kopf. Da rief ich ihr zu »Grüß dich, ich geh zum Englisch!« und winkte mit der Hand. Sie nickte, zeigte dann aber auf ihre Ohren, als höre sie nichts.

Ich rannte quer über den Hof zum Nachbarhaus, während sie langsam zu unserem Eingang hinschlurfte. Als wir auf gleicher Höhe waren, trafen sich unsere Augen, und mir fiel wieder ein, daß sie tot war. Sie lächelte schuldbewußt und ging weiter. Ich sah ihr nach. Sie trottete schwerfällig an unserem Eingang vorbei, schob die Einkaufstasche mit dem Quark aus der linken in die rechte Hand. Dann ging Tante Gruscha bis zur Hausecke, und ehe sie dahinter verschwand, drehte sie sich noch einmal nach mir um. Ich trampelte den Schnee von meinen Schuhen, sie von ihren Stiefeln. Wir standen an verschiedenen Ecken des Hauses und trampelten. Dann rückte sie die Strickmütze auf ihrem Kopf zurecht und bog um die Ecke.

»Heute zeige ich dir, was ›stehlen‹ auf englisch heißt«, sagte die Frau mit dem viereckigen Gesicht. »Sprich mir nach!«
Sie stülpte die Lippen vor und ließ den Hals glucksen.
Ich wiederholte das Wort.
»Nicht so!« sie hörte genau hin.
Ich wunderte mich. Früher hatte sie mich immer gelobt für das Gluckern.
Ich überlegte und gluckerte wieder.
»Viel besser!« strahlte die Frau mit dem viereckigen Gesicht. »Weißt du noch, wie ›Schloß‹ auf englisch heißt?«
Es fiel mir ein.

»Und ›Tür‹«?
Auch das wußte ich.
»Und jetzt sag auf englisch ›das Türschloß aufbrechen‹!«
Ich dachte einen Moment nach, gluckerte dann mehrmals hintereinander.
»Falsch!« ärgerte sich die Frau mit dem viereckigen Gesicht.
»Versuch es noch einmal!«
Ich versuchte es.
»Falsch!« schrie die Frau gereizt. »Du wirst nie im Leben eine einzige Tür aufbrechen!«
»Woher wollen Sie das wissen?« lächelte ich.
»Präge es dir ein!« sagte die Fau mit dem viereckigen Gesicht, ohne mein Lächeln wahrzunehmen, und sprach mir »ein Türschloß aufbrechen« in Englisch vor.
Ich wiederholte gehorsam ihre Worte.
»Jetzt war es genau richtig!« schrie sie leidenschaftlich.
»Bald sprichst du wie eine richtige Engländerin! Du bist unerhört begabt!«
Sie hielt mir ihre viereckige Hand hin. Ich sah auf die Innenfläche und legte vorsichtig drei Rubel hinein. Gierig schlossen sich die Finger darum.
»Sag deiner Mama«, flüsterte sie mir ins Ohr, »sie soll dir das nächste Mal fünf Rubel mitgeben, weil man solche Lehrerinnen wie mich mit der Lupe suchen muß. Richtest du es ihr aus?«
»Ja!« versprach ich.
Als ich nach Hause kam, sagte meine Mama:

»Stell dir vor, Ljolja, in die Wohnung im Erdgeschoß ist eingebrochen worden.«
Die grünen Hausschuhchen trippelten neugierig durch das Zimmer.
Mir wurde eiskalt.
Die grünen Hausschuhchen blieben vor mir stehen, meine Mama sah mir aufmerksam ins Gesicht und sprach dann weiter:
»Sie haben alles mitgenommen außer den Möbeln. Die waren ihnen zu sperrig. Dazu braucht man schon ein Auto... Aber alle Kleider, die Hemden und Schlipse, alle Jacketts, alle Vorhemden mitsamt den Jabots zum Anstecken, die Silberlöffel und das Porzellan, sogar die ganz normalen Küchenmesser aus rostfreiem Stahl – alles, alles haben sie ausgeräumt... Kannst du dir das vorstellen?«
»Ja«, nickte ich und gähnte, damit meine Mama dachte, ich sei müde von der Englischstunde.
»Mach den Mund zu«, sagte meine Mama streng. »Das ist noch nicht alles! Die Verbrecher müssen ein Kind dabeigehabt haben. Auf dem Teppich waren nämlich Spuren von Kinderschuhen...«
Um zu zeigen, daß mich das alles nichts anging, machte ich ein vornehmes Gesicht wie Onkel Kirscha.
»Hör doch auf, Grimassen zu schneiden!« lachte meine Mama los. »Du siehst richtig dumm aus!« Die grünen Hausschuhchen hüpften und tänzelten. »Am hellichten Tag in eine Wohnung einbrechen und alles fortschleppen! Unerhört! Ich

kann mir vorstellen, wie sich Tante Agrippina darüber aufgeregt hätte. Sie hätte mir die Geschichte ein ganzes Jahr lang unter die Nase gehalten ... Jetzt kann sie sich dort aufregen, im Himmel! Hallo, Tante Agrippina, hallo, kannst du uns hören?« Hier schluchzten die grünen Hausschuhchen auf und rannten zum Telefon. »Was für ein Jammer, daß sie nicht mehr da ist. Was für ein Jammer!«

Nachts ging ich in Tante Gruschas Zimmer. Ich kroch unter das gestreifte Sofa und holte die beiden weißen Knopfhälften mit dem Goldrand hervor. Die Knöpfe, die aus der Schachtel gerollt waren, lagen noch immer im Zimmer verstreut. Auch der rosa Knopf, der wie eine Träne aussah. Ich legte ihn auf meine Hand, neben die beiden weißen Hälften.
»Du bist tot, nicht?« fragte der rosa Knopf ich.
»Tot ...« sprach mir der weiße Knopf Tante Gruscha nach.
»Warum sind wir uns dann begegnet?« wunderte sich der rosa Knopf ich.
»Wolltest du es denn nicht?« fragte der Knopf Tante Gruscha.
»Doch«, antwortete der Knopf ich.
»Dann hast du mich gerufen ...«
»Ach so ist das! Dann treffen wir uns vielleicht noch einmal?«
»Ich fürchte, daraus wird nichts«, seufzte der Knopf Tante Gruscha.

»Du mußt richtig bitten«, beharrte der Knopf ich.
»Sie lassen mich nicht! Und außerdem, weißt du, ist es beschwerlich, immer hinüber und herüber zu laufen ...«
»Tu doch nicht so!« lachte der Knopf ich spöttisch. »Ich kenne dich ... Du mußt es ihnen nur richtig erklären!«
»Ist zwecklos ...« seufzte der Knopf Tante Gruscha.
»Hast du von dem Einbruch im Erdgeschoß gehört?« wechselte der Knopf ich das Thema.
»Ungeheuerlich, Ljolja!« sagte der Knopf Tante Gruscha streng. »Einfach eine ungeheuerliche Frechheit!«
»Was denkst du, ob sie die Verbrecher finden?«
»Ich weiß nicht ... ich weiß nicht ...«
Hinter der Wand zum Nachbarzimmer klapperten die schwarzen Stiefelchen. Meine Mama bekam Besuch. Platten mit fröhlich juchzender Musik kreisten. Spottlustige Stimmen ließen Gelächter schallen.
»Stimmt es, daß in deiner Wohnung jetzt der Hausmeister Valera wohnt?« fragte der rosa Knopf ich.
»Was weiß ich«, antwortete der weiße Knopf Tante Gruscha gleichgültig. »Kann sein, kann auch nicht sein! Ich habe noch nicht nachgeschaut.«
»Dann gehe ich hin und sehe nach!« sagte der rosa Knopf ich.

»Um Himmelswillen!« murrte der Knopf Tante Gruscha. »Das ist so weit! Du verläufst dich noch!«
»O-Bus Nummer einunddreißig!« sprudelte der Knopf ich wie aus der Pistole geschossen hervor. »Ich habe es mir genau gemerkt!«
»Auf der Straße ist Glatteis, du fällst hin und brichst dir was!« wollte mir der Knopf Tante Gruscha die Idee ausreden. »Bleib zu Hause, Ljoletschka! Warum hast du bloß so wenig Sitzfleisch?«
»Ich weiß ja nicht... ich weiß nicht...« nuschelte der Knopf ich verlegen. »Sag mal, ist Onkel Kirscha auch bei dir?«
»Ich habe gehört, er soll hier sein, aber begegnet sind wir uns noch nicht... außerdem, wer weiß, wo er hingeraten ist...«
Plötzlich verstummte die Musik hinter der Wand und die schwankende Stimme meiner Mama ertönte:
»Los, kommt, schaut euch meine Ljoletschka an! Aber leise, sie schläft schon...«
Ich warf den Knopf auf den Fußboden, lief in mein Zimmer und sprang ins Bett.
Wenige Sekunden später ging die Tür auf, und im Türrahmen stand meine Mama, schwarze Stiefelchen an den Füßen. Ich kniff die Augen zusammen, damit es aussah, als würde ich schlafen.
Tapp, tapp, tapp! – kamen die schwarzen Stiefelchen in das Zimmer gelaufen, und von der

Schwelle her heftete sich den Stiefelchen ein dumpfer Schluckauf an die Fersen.
»Nein, so geht das nicht!« flüsterte meine Mama. »Wir wecken sie noch auf!« Sie lief aus dem Kinderzimmer in den Korridor, und die schweren, gleichgültigen Schritte folgten ihr.
Am nächsten Morgen stand ich an der Haltestelle vor dem Opernhaus und wartete auf den O-Bus Nummer einunddreißig. Ich wollte herausfinden, wer jetzt in der Gogol-Straße wohnte. Ich kletterte in den Bus, wie bei der ersten Fahrt, und achtete angestrengt auf den Weg. Es war derselbe wie letztes Mal, aber nun in einem Winterkleid. Die Birken mit den schwarzen Schrunden standen im Schnee, ohne Furcht vor dem Frost. Nur Aljonka fehlte mir. Da tat ich so, als würde sie neben mir im O-Bus sitzen, und sprach abwechselnd für sie und für mich:
»Fährt sich schön«, sagte ich.
Und antwortete gleich an ihrer Stelle:
»Richtig schön ...« Ich ließ die Beine im Takt der Worte baumeln.
Danach hielt ich mir mit zwei Fingern die Nase zu und trompetete:
»Nächste Haltestelle: ›Haus der Offiziere‹«. Ich kam nicht mehr dazu, für Aljonka zu antworten, denn der O-Bus hielt und ließ den Kontrolleur mit der Tasche über der Schulter einsteigen. Er erkannte mich sofort, drängte sich zwischen den im Gang stehenden Passagieren hindurch und kam gleich zu mir. Wieder sollte ich eine Strafe

zahlen, direkt vor der Haltestelle »Zoo«. Diesmal gab ich ihm fünf Rubel. Der Kontrolleur war sehr zufrieden.
Ich stieg aus. Hinter mir drohte dunkel das tief überbaute Tor des Marktes, von wo die weinerlichen Töne einer Harmonika auf die Straße herüberklangen. Vor mir sah ich den blauen Bretterzaun des Zoos, und daneben, in der Schlucht zwischen zwei Häuserreihen, begann die Gogol-Straße. Doch um dorthin zu gelangen, mußte man die Straße überqueren, und ich wartete, wann im unteren Kreis der Ampel das Männchen aufleuchten würde, jenes Männchen, das so kräftig ausschritt, und doch für alle Ewigkeit in das grüne Lichtauge eingesperrt war.
Eine Straßenbahn hielt mit knirschenden Rädern. Die Passagiere, die sich an der Haltestelle gedrängt hatten, verschwanden alle in den beiden langen, orangefarbenen Wagen. Am meisten drängelte ein Mann in schwarzer Windjacke. In der Hand hielt er ein in Zeitungspapier eingewickeltes Bündel, das er vom Markt mitgebracht hatte. Er raschelte laut mit dem Papier, faltete die Zeitung aber nicht auseinander. Die anderen Passagiere sahen sich nach dem Mann um und schimpften. Ein plötzlicher Windstoß hob eine Ecke der Zeitung an, und alle konnten sehen, daß der Mann einen Kuhkopf mit weißen Hörnern in der Hand hielt. Die Straßenbahn machte sich lang und breit, fand kaum noch Platz in ihren Schienen. Als sie losfuhr, tauchte in der Schlucht

zwischen den Häusern wieder die Gogol-Straße auf, und ich sah, daß das grüne Licht schon lange brannte.
Ich lief über die Straße, und jeder Schritt ließ den blauen Bretterzaun des Zoos und dahinter die Gogol-Straße mit dem Haus 17 Strich a und der Wohnung Nummer einunddreißig näherrücken. Ich stellte mir bereits vor, wie ich an der Schaukel vorbeigehen würde, wo auf dem Sitz noch immer das abgefallene Blatt lag, dann vorüber an den Bäumen, unter denen die kreisrunden Markierungen für das Messerspiel in die Erde geritzt waren. Da hörte ich plötzlich eine laute, schluchzende Stimme:
»Brrr, meine Gute, brrr!«
Ich drehte mich um. Auf dem Fahrweg klapperten die Hufe eines weißen Lastgauls, der vor einen Karren gespannt war. Langsam umrundete das Gefährt die wartenden Autos.
»Brrr, meine Gute!« flehte der Mann auf dem Kutschbock, wackelte mit dem Kopf und riß an den Zügeln. Seine Haare waren länger geworden und hingen jetzt zottig herab. Als er den Kopf wandte, klatschten sie ihm auf die Wangen. Das Pferd trottete schläfrig bis zur Ampel und blieb stehen. Das grüne Licht ging an, die Autos fuhren los, blinkten wild mit ihren Scheinwerfern auf mich und den Mann mit dem Pferd ein, kurvten rasant um uns herum. Ich hatte Angst, sie würden mich überfahren, weil sie so schauerlich hupten. Der Schimmel ruckte mit dem Kopf und reckte

sich zu mir. Er hatte schmale, schläfrige Augen und sanfte, bebende Nüstern. Der Mann auf dem Karren schrie: »Los, meine Gute! Los!«
Aber er hatte Mitleid mit mir, der brave Schimmel! Er schob sein Pferdemaul zu mir hin und stellte sich quer über den Fahrweg. Alle Autos mußten anhalten. Er nickte mir zu, und ich nickte zurück, und dann stampfte er dröhnend mit dem Huf auf den Boden. Ich ging näher heran, um das Pferd zu streicheln. Da sah ich, daß sich aus der Reihe der wartenden Autos eine rote »Java« mit einem kleinen schwarzen Teufel über dem Vorderrad losriß und direkt auf mich zu schoß. Das Metallteufelchen hüpfte fröhlich, hatte die gespreizten Finger an den schweinsartigen Rüssel gelegt und zeigte allen eine Nase. Hinter dem Lenkrad saß Jegor, der Junge. Sein Gesicht konnte ich noch nicht richtig sehen, doch ich erkannte ihn an der blutigen Schramme auf der glatten Wange. Hinter ihm kauerte das Mädchen mit dem flauschigen Mantel. Die Ösen des Mantels waren abgerissen, deshalb flatterten die Schöße im Wind. Das Mädchen sah mich, stieß Jegor an und zeigte »Da, dort drüben!« Sie tat es mitleidig, ungern, so als wolle sie gar nicht auf mich zeigen, doch irgend jemand zwänge sie dazu. Er nickte wortlos, wollte schon weiterfahren, da beugte sich das Mädchen mit einem Ruck nach vorn und riß den Lenker herum. Das Motorrad flog zur Seite, aber ich konnte zurückspringen. Durchdringend schrillte die Triller-

pfeife eines Milizionärs. Die rote »Java« raste davon, das Mädchen sah sich traurig nach mir um.

Der Milizionär ging zu dem Dorfmann auf dem Karren und verlangte eine Strafe.

»Wie es die Kleine erwischt hat!« sagte der Kutscher weinerlich, und plötzlich schrien die beiden Männer und zeigten mit dem Finger auf mich. Doch ich lachte nur über sie und bog in die Gogol-Straße ein . . .

In der lastenden Luft surrte eine Fliege. Als sie mich sah, machte sie Halt und überlegte, ob sie sich auf mein Gesicht setzen sollte oder nicht. Aber ich wedelte mit der Hand, und die Fliege flog fort. Das Fenster der « uch indearbeiten« stand sperrangelweit offen, aus dem Zimmer drang Musik, zwischen den Buchstaben klaffte am Anfang und in der Mitte eine schwarze Lücke, groß genug für ein »B«. Ich lief an unserem Hof vorüber. Die Schaukel war leer, doch sie schwang noch, also mußte gerade jemand vom Sitz gesprungen sein. Ich sah, daß die Tür unseres Eingangs geöffnet wurde, aber wer herauskam, konnte ich nicht erkennen. Ich stolperte, fiel längelang hin und zerschrammte mir schmerzhaft die Hände.

»Wo hast du dich herumgetrieben, Ljolka?« fragte eine strenge, hustende Stimme.

Die Stimme kam mir bekannt vor, und ich wollte schon schwindeln, daß ich hinter dem Haus gespielt hätte, als mir plötzlich die Straße mit den

Autos einfiel, über die ich gerade gegangen war, und das weinerliche Gesicht des Bauern auf dem Karren und das Zinngesicht des Milizionärs. Ich sah sie so deutlich vor mir, als würden sie sich wirklich über mich beugen. Die trockenen roten Mundwinkel des Dorfmanns waren feucht geworden, Tränen klammerten sich an die kurzen starren Wimpern, krochen langsam weiter über die Wangen. Der Milizionär schrie auf ihn ein und fuchtelte mit den Händen. Ich lachte in ihre herabgebeugten Gesichter, da begannen sie zu schwanken und lösten sich auf.

»Wo hast du dich herumgetrieben, Ljolka?« wiederholte die strenge Stimme, dann rief eine zweite Stimme zärtlich und lockend:

»Steh auf, Ljoletschka, steh auf! Hast lange genug auf dem Asphalt gelegen!«

Es war warm. Ein früher Herbstanfang. Neben meiner Hand blitzte ein Flaschenhals. In der Pfütze verschwamm ein Benzintropfen, glänzte in allen Regenbogenfarben der Sonne entgegen. Ich hob die Augen: Hastig schlurften alte Stiefel Marke »Leb wohl, Jugend!« und schwarze blankgewienerte Winterschuhe auf mich zu.

November 1996 bis Januar 1997
Moskau

Namenverzeichnis

Ljolja, Ljoljetschka, Ljoljenka, Ljolka
Tante Gruscha, Agraphena Fedossejewna,
  Agrippina
Onkel Kirscha, Kirill Nikolajewitsch Kulikow
Pascha Melone
Aljonka, Aljonuschka
Natka, Natalja Andrejewna, Natalie
Wowa Sorin-Trubetzkoi, Wowka
Anna Fjodorowna Sorina-Trubetzkaja
Chariton Klimowitsch
Valera
Mama, Njurka